自然公園
21

鹽寮淨土

簡樸生活記

【典藏版】

區紀復 著

晨星出版

目次

文明的反省

由簡樸到和平

自然修行

體驗分享

記者眼中的鹽寮

報導鹽寮

再版序
鹽寮日日是淨土

這本書經過二十多年之後還可以再印新版，真是令人高興的。

我寫這本書的目的就是想要傳揚「鹽寮淨土」的理念，使這個社會由奢華改向簡樸。

這本書已有很多人看過，二十多年後再版，就可以使後一輩的人也有機會看到讀到。願意接受這理念，又願意改變生活方向的人就會愈來愈多。

我的心願，這個社會就會愈來愈接近目的，而達到大愛大同的世界了！

區紀復　二〇一八年六月

序

這本書可說是我這幾年來在鹽寮淨土生活的痕跡，是肉身生活的痕跡，也是精神生活的痕跡。

在到鹽寮來之前，我沒有想過要寫一本書，只是想要好好的認真生活，過一種自然、簡樸、靈修的生活。

雖然在到鹽寮之前，有五年時間我過的是自由自在、遊旅式的簡單生活，這之前的二十多年過的是都市規律的簡單生活，但像在鹽寮海邊般的簡樸生活是以前未曾經驗過的，更是從未如此對生活的每一細節這樣深刻思考、反省過的。

自小我就有簡樸、節儉、不浪費、惜福的習慣和生活態度。我出生於戰亂中的澳門，經歷過缺乏、不穩定的生活；戰後住過廣東鄉下，稍微享受了一段很短的無拘無束的日子；跟著來的是逃難、今不保明、經濟拮据的生活；好不容易再在澳門安定了下來，但家庭人口多，課餘還要幫忙家計；這種情形下不是每個孩子都能有充分受教育的機會，我是長子才得以完成中學、大學，並有機會出國留學，所有這些經歷體驗都深埋在我的心裡，使我由心底感激，心甘情願的去過一種惜福、簡樸的生活。

雖然我經歷過這樣艱辛的生活，可是我未曾蓋過房子，未曾做過墾地、種菜、除草、鋸木、劈柴、燒灶等工作；不曾吃全素、吃野菜、斷食、撿菜……更不曾有露天洗澡、野外拉屎、早晨喝尿那樣回歸自然，與天地合一的經驗；在都市生活時也不曾放棄過報紙、電視、音響及一些起碼的家電方便，可是以上這些就是我現在鹽寮的生活寫照。

在開始的時候，我抱著一個開放的心，願意接受一種完全不一樣的生活方式，自己根據一些基本理念，定了一些原則，就開始做生活的試驗。我相信上主與我同在，無論遇到任何困難和後果，祂都會給我足夠的智慧去解決和應付，果然如此。在這段時間，生活中每一件大小事情我都用心去摸索、學習、思考、反省……為什麼要這樣做？為什麼會這樣發生？對人對自然對上天有什麼影響？是不是有更好的做法？更好的過程和結果？有更深更廣的意義？

經過一年多的生活學習和體驗，我願意將這個地方完全開放，讓任何人都可以體驗一下這種簡樸的生活，因此我也有機會和來這裡體驗的人分享我的經驗。又過了一年，我開始將我的體驗寫出來，寫在我們的刊物《鹽寮之友》上，寫到報紙上，寫到現在，雖未盡興，大概已告一段落，可以集結成書了。

我認為一本書的內容不應該只是一些想法，或者一些資料的整理，這樣只能是一本知識的書。但是想法經過生活的實踐、實證，並與別人分享、討論過，而且變成了信念，成為往後生活、生命的準則與方向，這樣寫出來的書是由心寫成的，是生活的，有生命的。

這本書是以分享的心態寫的，分享我的想法、我的經驗、我的生活、我的信念，我今後生命努力的方向，希望也是今後人類生活的方向。簡樸生活不是我一個人的專利，我希望不是在唱獨角戲，所以我也邀請了一些曾來鹽寮的朋友，與我一起生活過一天、兩天，一星期、一個月；甚至半年一年的朋友，分享一下他們的感受與心得。

幾年來台灣、香港及海外的大眾媒體報導鹽寮及這裡的生活不下五、六十次，有電視、廣播、報紙、雜誌，不同的媒體、不同的記者就用不同的角度或手法報導。這本書裡也選了幾篇報導得比較完整、深入、主動的，讓讀者也看看記者眼中的鹽寮生活是怎樣的。

感謝所有鹽寮之友對這種生活的認同、支持與參與，由最初建立鹽寮淨土的幾位到最近來的幾位，由只來過一次的到一年來十二次的，由最遠的到最近的，他們在這裡都有所體驗也有過貢獻，並且願意為傳播這種理念而共同努力。

感謝晨星出版社願意出版這本書，且同意光啟出版社在天主教內發行，並印上基督服務團叢書的字樣。基督服務團是一群與我志同道合，有共同信仰與理念的天主教內弟兄姊妹所組成的團體，也是支持我在鹽寮生活的最大力量，沒有基督服務團可能就沒有今日的我。

當然，最後要感激的是我的父母親，他們給了我一個豐富又簡樸的生命，雖然起初他們不甚明白我為什麼離開我的專業工作，更不了解我為什麼跑到偏僻的花蓮海濱來，但是他們尊重我的決定，更是耐心的等待。慢慢地他們看到我寫的東西及媒體的報導，也看到大社會的趨勢，漸漸地知道我做的是重要而有意義的事，也同意我的作法，更無條件的支持我的行動，可惜他們因為年事已高，行動不便，尚未有機會親自到鹽寮來看看。我願將這本書獻給我的父母，願天主保佑他們！

一九九四年九月二十日中秋節　鹽寮

簡樸生活

在這裡人們的行為
盡量以不汙染傷害大地為原則，
因為大地生產出蔬果食物供養我們，
是我們的母親，
我們理應愛護她，
而不要隨意毀傷她。

你願意來跟我們一起生活幾天嗎？

另一種生活方式

如果你覺得城市裡的空氣太髒、噪音太大、汽車太亂、人太擠，實在受不了啦，可以找個假期來這裡過幾天清靜的生活，反省一下為什麼會變成這個樣子？

如果你覺得生活太緊張太忙碌，每天大魚大肉吃膩了，身體太胖、毛病太多了，可以找個假期來這裡過幾天簡單的生活，反省一下是不是非要如此過下去不可？其實不一定要等到假期，特別請個假來住幾天也是值得的。

現在有很多度假勝地、休閒中心，這裡不是。救國團有青年活動中心、教會有避靜牧靈中心，這裡也不是。鹽寮——這裡是一片生活體驗的靈修淨土。

這裡有一群人，有牧師、醫師、工程師，大都是基督徒，經常相聚，追尋安貧樂道、反璞歸真、彼此相愛的生活。也歡迎你來，一起生活幾天，接受一點小小的挑戰。

很多人覺得社會上罪惡太多、病態嚴重，這些根源實在都源於人的私慾私心。我們認為非要大家都能接受另一種生活價值，另一種生活方式，節制慾望，放棄一些舒適與方便，多關心別人，否則即沒法改變這個生病的社會。當然這應該由自己做起，進一步邀請更多的人一起來實踐。

自然的環境

到這裡來的確是一種小小的挑戰，首先你需要練習天賦的夜眼，才能分辨出黑泥白石光水坑的夜路，當然這裡不是落後到連電燈都沒有，不過鄉下總是不像城市到處通明。其次你要卸下那些摩登裝束，才能在高高低低泥沙碎石路上行走。沒有電視音響更是現代人需要接受的挑戰。

由花蓮車站到鹽寮大約十五公里，可以乘花蓮客運往豐濱、靜浦或成功方向的車，沿著花東海岸公路走，過了花蓮大橋就看見深藍色的太平洋，不久就到鹽寮村福德坑，是個小小的聚落，有十多二十間房舍，也有兩間小商店。下車過馬路，往海邊有一條小路下去，就是這片靈修淨土。

小路旁就已看到這裡的特色，沿路邊鑲著一塊塊大的白色石頭。都是由海邊運上來的。入口處躺著一根很粗的橫木，是象徵性的大門。橫木兩旁都是空著的，可以自由進出，不過請等一等，旁邊掛了一塊木板寫著：「訪客請拉鈴！」

這是為了尊重住在裡面的人最起碼的禮貌。你還會看見「帶走髒亂垃圾」、「留下美好回憶」的牌子，以及一塊大木上「禁止吸菸、喝酒、吃檳榔，塑膠、瓶罐、鋁箔包！」的警句，這是鹽寮淨土最基本的要求。

進了橫欄就是一間原色木屋，離土高架起來，木屋門雖設而常開，上木屋是一木板斜坡，而不是樓梯，是為方便兒童與殘障者的，屋內通鋪可容十多人。屋前的走廊露台上可以一覽全景；向南看，近處是一個「大地棋盤」，遠些是一大片草地，草地上有幾塊巨大岩石，石旁還有一座原木高架涼台；再過去是一座大石小山，石山後是一條小溪澗，石山下有菜園、水池、小樹林。西邊是磚石平房，一間臥室、一間是廚房、廁所，裸露出水泥質樸的原色，屋後石階泥坡可通到上邊公路；往東面對太平洋，日出月升，早晚都迷人；北邊有二三戶鄰居，幾幢茅竹屋，很有原始風味。

這片淨土的設計盡量與自然融合，除了原先就有的一間臥室是水泥空心磚造的，加蓋的廚房、廁所為考慮防火安全也用磚砌，但屋頂卻是木架木板。屋前木造走廊通到高架木屋，走道全用海邊的小白石鋪填，光了腳走起來即有腳底按摩的功效。每一位來此的人都可以撿幾顆白石鋪上，然後踏在自己鋪的石頭上。此外坡道及屋後通道都用扁卵石鋪砌，坡崁即用扁方石砌成，都沒有用水泥連接，卻仍非常穩固，這樣為避免水泥將土地封死，小草還有機會由石隙中伸出頭來。四周的大岩石三三兩兩的在靜坐或對話，怡然自得。

簡樸的生活

在這裡人們的行為盡量以不汙染傷害大地為原則，因為大地生產出蔬果食物供養我們，是我們的母親，我們理應愛護她，而不要隨意毀傷她。所以首先不可以亂丟垃圾，進一步是盡量不製造垃圾，不使用清潔劑、殺蟲劑、農藥、化肥。因此這裡不歡迎罐頭、汽水及包裝複雜的食物，這會產生大量瓶瓶罐罐，而且這些東西多數是沒有多大益處的垃圾食物；塑膠包裝不會腐化，成為大地永遠的負擔，所以特別不歡迎寶特瓶、保麗龍之類的東西。人總是會製造垃圾的，但在丟棄之前將它分類回收，它就不是垃圾而是有用的資源。

這裡的垃圾本來就很少，最多可能是果皮，可以做堆肥，回歸自然；紙張這裡也不多，兩面寫過後可以用「惜福」廢紙盤回收；用過的衛生紙晒乾後可以生火；塑膠袋無法避免，它滲透到我們生活中每一個角落，乾淨的塑膠袋回收再用，尤其是出外購物時可多帶幾個去；髒的破的縮小體積集中，其他難免的瓶罐盒子，都分別回收或處理，使送給清潔車的垃圾盡量減到最少。

靈修的佳境

生活在這一片淨土且要靈修超脫，需要寧靜和平、簡樸單純、身心平衡。與人與自然都喜樂和諧。

我們要回歸自然，但仍關心社會，鍛鍊出世的靈修，也具入世救贖的精神。靈修生活本來非常豐富，除傳統的念經祈禱外，也可採納東方式的靈修方法。在這裡我們嘗試著學習東方與西方、傳統與現代的各種靈修方式，融合誦唱、瑜伽、靜坐、默觀於一爐。並且由修身，修心到修靈的境界，而能超越自我，以達天人合一。

靈修需要寧靜的環境，尤其是內心的平靜，有人需要音樂來製造祈禱的氣氛。這裡有大自然最美妙的音樂——海浪、風聲、鳥啼、蟲鳴，最易使人集中心神，剎那入定，人間音樂就顯得多餘，人造噪音就更令人討厭了。

這裡特別歡迎都市忙碌的人放下工作，來過幾天簡樸的生活。在都市住慣的人一切都方便舒適，電視、音響、電鍋、電冰箱、洗衣機、家電齊全，可是這裡樣樣都缺。正好可以體驗一下貧乏的滋味，而會珍惜富足的可貴，更希望因此而引發起助人的慈悲心腸。

在吃和穿方面也力求簡單；多吃天然素食、野菜野果，少魚肉、少刺激，一來可以減少現代文明疾病，二來還能幫助靈修。

這裡是鄉下海邊，每天對著的是高山大海，時髦打扮絕對沒有必要，首飾口紅更是多餘。簡單衣服就已足夠，剃鬍子也都可免。住這裡沒有單人套房，而是席地通鋪。到這裡來，第一次見面，盡可直呼姓名，不必禮俗客套；親切一些可以稱兄稱姊，或分長幼。

一天的生活中需要身體心靈的平衡，這裡每天的作息時間都安排有體操、智操及神操，也就是工作勞動、閱讀寫作及默想祈禱。

勞心與勞力

過簡樸生活，一切事情都要自動自發，自己動手，燒飯洗衣沒有機器代替。燒飯用灶已是現代都市小孩子做夢也沒有想到的事情，燒灶要體驗一連串的作業——海邊撿柴、鋸木、砍柴、生火；此外墾地、拔草、種菜、澆水、割草、撿石頭鋪路等各種勞動工作。在這些工作中使人體驗到造物的偉大、生命的美妙、人的有限、參與創造的神聖，以及天主無微不至的照顧。早上也可以練習太極拳、瑜伽，或者散步慢跑等運動。

除手腳勞動之外，頭腦也需要充滿智慧。今日的教育體系及傳播媒體給我們太多的只是知識，可惜有很多甚至是錯誤的、有毒有害的觀念。發人深省、啟發智慧的書並不多，在鹽寮特別推薦一些值得看的書給你閱讀。來這裡生活，希望在一天裡保留一些時間閱讀、反省、寫作。

靈修需要默想祈禱，早上可以個人靜坐祈禱，晚上有團體讀經分享，討論分辨。這裡特別推薦瑜伽靈修與泰澤祈禱方式。

大公與合一

這裡接待任何願意來體驗簡樸生活的人，不分男女老幼，也不分宗教信仰，殘障弱小的會特別受關懷。

這裡不收費用，有能力的可自由奉獻，你的富裕可彌補他人的缺乏，好使他人的豐厚也彌補你的不足。我們有很好的機會與各宗教的弟兄姊妹交談、分享與合作，以平信徒的身分來實踐合一大公精神。這裡願意帶給人們一種團體生活的和諧與共融，以及內心的喜樂與平安。這裡沒有什麼物質享受，但能使人身心精神愉快。

在大自然中生活，要懂得與大自然和諧共存，也要懂得愛護、欣賞大自然的美善。這裡石山下溪流旁開墾了一些菜園，雖然土地不夠肥沃，不用農藥、化肥而用有機耕種，是這裡愛護自然的原則，但也能生長出一些蔬菜、果子。背後不高的山上有不少的野果野菜可採，是理想爬山的地方。鹽寮海邊有象徵永恆的太平洋大海與浪濤，也有變化莫測的海灘沙石，是默想天主偉大創造的最好題材。這裡每一粒石頭就像每一個人一樣，都有它的個性與特質，有大理石、白雲石、水晶石、紅石、綠石、黑石……都是大海千錘百鍊的結晶，使人愛不釋手。海邊的枯樹奇木也是一大特色，撿拾不盡。

鹽寮靈修淨土強調的是：簡樸單純、回歸自然、身心靈的平衡、寧靜和諧、喜樂共融、惜物惜福。提供給現代都市人在金錢物慾沖昏了的社會裡，一個體驗及反省另一種喜樂平安生活方式的機會，希望在改造社會、改變人們價值觀的工作上盡一點小小的力量。

歡迎你來體驗，而不是度假觀光，更希望你能把這樣的精神廣為傳揚，共同分擔一點責任。

你願意來過幾天另一種生活嗎？

我住花蓮鹽寮海邊有兩年多了，背山面洋，水泉山澗，綠草巨石，過的是簡樸寧靜的生活，但也歡迎任何人來住幾天。三年前與幾位志同道合的朋友經常反省社會上的各種問題，有環境、教育、青少年、經濟、犯罪、股票、六合彩等，到處充滿罪惡與不正義，上自貪官汙吏，下至地痞流氓，整個社會都在生病，而且病得不輕。這些病因實在都出於人的慾望太高、私心太重，功利主義、消費主義泛濫，國家發展政策以經濟掛帥，輕視教育、環境與社會福利，完全走歪了路。大企業海外投資，有辦法的人移民，一走了之。

大家都覺得有無力感，我們認為要醫治這個社會的重病得要先治人心，使人願意接受另一種生活價值，過另一種簡樸的生活方式；節制慾望，放棄一些舒適與方便；並多關心別人，愛護我們共同居住的環境才行。

改變人心需要教育，但目前的教育系統、教育機構及教育團體好像也沒有很好的辦法，根據經驗我們覺得生活體驗才是改變人心最徹底的辦法。人在特別的環境下，經歷過一段特別的生活，那種深刻的印象一定會對他的一生有所影響。我自己就有過這種經驗——我曾到世界各地去體驗撿拾垃圾，到過菲律賓去體驗貧窮，到共融合一的宗教團體去體驗人與人和諧相愛的生活，到過堅持簡樸原始的群族中去體驗回歸自然的生活，到過關懷老、弱、殘障的機構團體，去體驗付出愛心後的喜悅，那種經驗一生難忘，也影響我的觀念與人生態度。

由於這樣的反省和考慮，我開始在「鹽寮淨土」體驗一種特別的生活——在海邊蓋了一兩間簡單的小木屋，盡量利用天然的材料，木與石，在海邊有很多漂流木，撿用不盡。燒飯用灶，拾木生火，上山採野菜，自己做饅頭。放棄一切在都市裡認為理所當然的設備：電視、音響、冷氣、電鍋、洗衣機，連鏡子也沒有必要。節制慾望由口舌開始：吃只七分飽，盡量放棄肉類，吃糙米飯自然素食，不吃罐頭汽水等垃圾食物。這裡盡量不製造垃圾：果皮菜葉可以堆肥，廢紙用來生火，塑膠袋重複使用，不歡迎過度包裝的東西，尤其是汽水瓶、免洗餐具等塑膠包裝。節約用水：用泉水洗衣服、洗澡，雨水沖便桶，洗菜水洗碗，洗碗水澆花；飯後用開水淨碗喝掉，一天晚上才洗碗；上廁所不用衛生紙而用水沖洗，既清潔又衛生，而且可以挽救樹林。這裡絕對禁止違反「淨土」的事物：抽菸、喝酒、吃檳榔、喧譁、亂丟垃圾。淨土先要淨心，淨心由淨念開始，一天的生活注意身心靈的平衡：早上做瑜伽靜坐，白天有閱讀寫作及勞動工作，或墾地種菜、或鋸木砍柴；晚上讀經分享，反省討論。

這樣的生活開始時，我也是在嘗試，因為很多事情我以前從來沒有做過，做起來覺得很有興趣，學會了之後也有不少心得。只要是心甘情願的去做，多艱難辛苦的事情，都會變得快樂了。這樣試驗了一段日子之後，更加確信體驗這種「放棄與節制」的生活是改變人心最好最有效的方法。在放棄得愈多時，束縛就愈少，覺得自由就愈大；自己愈能節制，性情、脾氣、耐心都會愈好，不易衝動，不會斤斤計較，不去爭奪，人與人之間的關係也會改善。來過的人都會介紹給朋友，也都願意再來。

於是我將這鹽寮淨土開放給任何人，不分男女老少，也不分宗教信仰，歡迎所有人前來體驗這另一種生活，而且不收費用，可各按能力自由奉獻。我相信不用金錢來衡量任何價值的時候，社會自然會更為和諧，因為我最後的依靠是我所信仰的天主。

鹽寮淨土靈修書

由百萬人口的台北大都會搬到只有數十名老少的海邊小村，由水泥叢村的辦公室遷到青山綠水的平房木屋，生活的變化的確很大，可是我的心境卻是那麼的自然、順暢，就好像在海邊沙灘上行走，一步一步的向前踏著，只留下一個一個腳印，值得自己有時候回頭去看看，或者讓別人參考追尋。

到花蓮海邊「鹽寮淨土」居住，是為過一個簡樸的大地靈修生活，自己先實驗然後邀請人來共同體驗。

簡樸生活過的是海邊純樸簡單的生活，降低慾望，放棄方便，節制飲食；沒事自己動手，勞動工作，惜物惜福，節約用水；撿柴燒飯，除草種菜，採野菜素食；不吃罐頭泡麵，不喝汽水咖啡，不要垃圾食物；沒有電視冷氣，早睡早起。

大地生活是與自然大地為伍，與天地萬物共融，愛護生態環境、不製造汙染、垃圾分類。海濱觀日出，石中看世界，登山遠眺太平洋，溯溪戲水覓清泉。

靈修生活即是修練身心靈的平衡，淨心淨念、淨思淨言、淨行淨為，反省默

靜思樓

觀，靜坐分享，合一祈禱，在大自然中體驗天主偉大的靈性生活。

希望一個人在這樣的生活中能陶冶出與都市裡一切以功利主義、消費取向、追求物質享受、奢侈浪費，不一樣的生活態度，不一樣的人生價值觀來。目的是為了改善目前大家都不滿意的社會環境、生態環境，而盡一分心力。

要體驗這樣的簡樸大地靈修生活，第一年我自己先做一些生活的實驗。生活的開始為自己定了一些原則，要求自己實踐，也要求來一起生活的人遵守。每一項生活細節都經過反覆思考，才定下來，寫成條文，貼在牆上門後，或者適當的角落，讓每個來的人都能看見，隨時有提醒的作用。

第一年絕大部分時間是我一個人在此生活，生活的環境、條件都和以前在都市裡不一樣，但在態度上，卻沒有很大差異，所以能順其自然的很快適應過來。

在這裡生活的每一件事情對我來說都是第一次，以前從來沒有做過的。開始蓋房子的時候要設計、取材、鋸木材、釘釘子、和水泥、砌磚頭、上樑、釘屋頂……都是外行；燒飯要由撿樹枝、鋸木頭、劈柴、升火、燒灶……都是從頭學起；種菜要墾地、翻土、除草、撒種、灌溉……以前從未嘗試過。所以開始的一段日子每天虛心的學習，日日有心得。雖然勞累疲倦，但心情愉快。

在這樣的環境及方式下生活，天天有新鮮的事物，有可以學習的東西。每天清晨或黃昏我都會到海邊去散步，觀日出、看海浪、欣賞美石奇木，常從其中領悟不少人生道理。有時也登山看大海，太平洋由北邊弧延到南邊，很容易就感覺到地球是圓的；在觀看天色時也能了解到海水為什麼有時是藍有時是灰；日出太陽呈紅，中午太陽呈白；山上有很多野菜都可以吃，都市人哪裡會知道這些。

在這樣孤獨的生活中其實一點也不寂寞，我拿起《魯賓遜漂流記》來看，常常會有會心的微笑。白天的生活中常與自己定好的生活原則對照，從中慢慢參悟到深一層的意義與精神，下面將一點一滴的與大家分享。

沒有柵欄的地方

鹽寮淨土占地大約三百坪，這只是一個大概的數目。在東部海邊大多是公有地，三、四十年前誰來開墾，誰就有權使用這塊土地，當他不再利用時，即將使用權轉讓，這樣一個轉一個，只需雙方一紙同意書就交易完成了，並沒有土地權狀等東西，政府好像也默認這種既成的事實。

放棄都市生活來這裡過簡樸生活，希望徹底的解放，所以就沒有打算擁有土地，有無地權、面積多少、範圍多大都無所謂了。這片土地沒有明顯界線，也故意不設門柵圍牆，這樣的無界反而成了無限，心胸得以開闊，不自限就更自由了。

這裡東邊面臨太平洋，一望無際，能看得多遠就有多遠；西邊隔一條公路就是花東海岸山脈，只要高興就可以登山，沒有人會攔阻；南邊是一條小山澗，雨天晴天都有變化，巨石流水，任你跳躍嬉戲；北邊是一條通往海灘的小徑，大家共用，也沒說你的我的。淨土入口就在小徑旁，只象徵式的橫了一段海邊扛回來的樹幹，放在兩個短枝椏上，兩旁還是可以自由出入。

初時很少人來這裡，也沒發覺什麼不妥。不過後來常有路過的人大搖大擺的進來「參觀」，像逛公園一樣，對住在這裡的人視若無睹，實在受到不少干擾。所以後來在入口處的一棵樹上掛了一個牌子：「進入應先徵求同意」。並在旁邊吊一塊木頭，牽一根線，「訪客請拉鈴」，鈴鐺牽到廚房門口，大家容易聽見，好出來接待。這是不得已的折衷辦法，歡迎任何人來，但希望住在這裡的人被尊重；不設門柵，但希望訪客拉鈴通知。

禁止吸菸、喝酒、吃檳榔

進入鹽寮淨土第一個條件就是不吸菸、不喝酒、不吃檳榔，因為這三樣事情都會汙染淨土的純淨。

這三樣都是有害無益的事。如果來的人是吸菸的，我會告訴他：如果他吸菸的理由是為提神，這裡有絕對清新的空氣可以提神；如果他吸菸的理由是找靈感，這裡有美好的環境，可以啟發無盡的靈感；如果吸菸是為找刺激，到這裡來就選錯地方了；如果吸菸是為表現成熟、得到解脫，這裡有更好的方法修練成熟、幫助解脫；如果吸菸已上了癮變成習慣，正好在這裡忍耐幾天改變習慣；如果真的忍耐不住，可以到海邊或山上走走，但還是不要吸菸，因為山和海都不喜歡煙火，很多山林大火常是因為吸菸的人沒將菸熄了就亂丟而引起的。最後也是最主要的，要尊重這裡的生活方式，不要汙染這片淨土。

有人說喝少量的酒對身體好，這是對身體不夠好的人的一種方法。要身體好其實需要的是運動、清新的空氣及健康自然的食物。另有人說喝一點酒可以增加情趣，這是喝酒的藉口，酗酒常常是由一點點開始的。酒會帶給人一些快感，但也易使人放縱自己，難以克制，這是淨土不希望的。好的東西我們都能放棄，何況有部分不好的東西是更可以放棄的。

檳榔就更糟糕了，沒有一個吃檳榔的人生活是整潔的，吃檳榔的樣子更是不敢恭維。

有一天清晨六時，我打開房門，在門口院子裡已站著一位男士，口裡叼根菸。清晨看到這種景象，心裡就有點不快。我問他要找誰，他說進來看看，我說要看請從門口開始，我就帶他到進口處，指著那塊牌子：禁止吸菸……他一看自知不對，就離開了。幸好這樣的人不多。

一個月才一包垃圾

在台灣的人生活太富裕，賺錢太容易，養成了奢侈浪費、用完就丟、隨手就丟的習慣，所以製造出大量的垃圾，汙染環境。在這淨土我們要維持清潔乾淨，第一不可亂丟垃圾，其次要惜福不製造垃圾，所有準備丟棄的東西都要分類處理，物盡其用。

惜福就是珍惜我們所享有的、上天所賜予的富裕福分，不可以浪費。惜福由不製造垃圾開始。為避免製造垃圾，會造成垃圾的東西都不受歡迎，如零食、汽水、罐頭、垃圾食物等。還有包裝多而複雜的東西，以及用一次就丟棄的免洗餐具和容器更是要禁止。

有些東西是不可避免、不能再用需要丟棄的，但我們太習慣將不要的東西馬上當垃圾丟掉。我們應該先看看不要的是什麼東西，想想看是否有把它當垃圾更多一點價值的用途，然後分類處理利用。這其實就是物盡其用，人盡其才的道理，可惜現在物質太多，使我們養成不在乎不珍惜的壞習慣。

紙張，淨土這裡不會太多，因為我們不訂報紙，至少可以減少每天一大疊報紙的煩惱。其他紙張兩面用過之後，收集起來，數量多了就送到收集舊紙的地方再生，殘碎或髒的即作生火起灶用。用過的衛生紙、衛生棉也集中起來，燒熱水的時候可以燒掉，但是裝衛生紙的塑膠袋及其他塑膠物不可以一起燒，因為會產生毒氣。

塑膠袋在台灣已變成無孔不入的怪物。我們不可否認它的好處與方便，但它所造成的壞處與不便，是發明塑膠的人絕對沒有想到的，就像發明科學怪人的科學家絕對沒有想到那怪人會造成殺害自己的後果。塑膠袋之為害是因為我們沒有真正懂得利用它的好處，避免它的壞處，任由它隨處亂飛、阻塞渠道、汙染水源，成為百年不腐的垃圾，而不利用它耐久可重複使用的特性。

在這裡我們將使用過的塑膠袋稍微清洗、晾乾、整打個活結，收存起來，出外購物時再用，太髒或殘破不堪再用的即縮小體積，也集中起來，等清潔車來才丟棄。這樣的廢塑膠一個月才只有一包。

中國人的垃圾主要在廚房，果皮、菜葉、食物殘渣每天塞滿垃圾桶。我們絕大部分素食，就少了骨頭鱗刺的垃圾，食物吃光光更沒有殘渣，果皮、菜葉在園子裡可以作堆肥，不會浪費。樹葉、草屑也可以堆肥，晒乾了更是最好的燃料。

破碗、玻璃碎片及無毒的固體偶然也有一些，我們挖了一個大坑掩埋。在鄉下常需要手電筒，電池就免不了，但盡量用能再充電的，有廢電池時也收集起來，不隨便丟棄，以免汙染地下水。現在有些加油站願意收集廢電池來處理，真是功德無量。其他實在就沒什麼垃圾了。

水盡其用

台灣雖然是豐雨地區，但近年來總會有一段缺水限水的時期，今年梅雨季不見了，缺水情形更嚴重。平時我們用水都太過浪費，水龍頭打開，唏哩嘩啦的流，其實只用了十分之一，十分之九是流掉的。自來水是經築壩、集水、過濾、消毒、接管等多重的工程才送到我們家裡。我們打開水龍頭就讓它白白流掉，實在是太浪費，用珍貴的自來水沖廁所就更沒道理。

在鹽寮淨土，我們要求每個人，水龍頭不開盡，關小一點，水要細細的流。洗碗洗盤只要多洗幾次就能乾淨，而不需要大量的水，一盆水分三次洗用，比一次洗東西要更為乾淨。比如有三百毫升的水，分三次洗：第一次用一百毫升洗後，髒的東西就剩下百分之一，第二次又用一百毫升洗，剩下的就只有萬分之一，第三次即達到百萬分之一，非常乾淨了。如果三百毫升的水一次全用來洗，即只能達到三百分之一的乾淨而已。這是說明洗東西，只要少量的水，多次的洗，就能很乾淨了。洗手、洗頭、洗澡、洗衣服、洗菜，洗任何東西都是同樣的道理。

水細細的流，東西慢慢的洗，除了不浪費水外，還可以訓練一個人的耐性。在珍惜用水的同時，我們還會體會到缺水時候及缺水地方之水的珍貴，而生同情及惜福的心。珍惜用水更不會製造大量廢水，汙染大地。

夏天、人多，或缺水、停水的時候，我們都到露天的地下泉水池去洗衣洗澡。鹽寮福德坑只有十來戶人家，且多是退役老兵，以前尚沒有自來水的時候，大家都靠這池泉水生活。有了自來水大家就很少利用這泉水了。正好成了我們的專用，白天男生在那裡洗澡，晚上即輪到女生。在月下洗澡，一生難得，終生難忘。沐浴洗淨後，俯仰天地，問心無愧。

花蓮停水的機會不多，但有時為使都市人體驗一下缺水的滋味，就把自來水總開關關掉，大家於是需要到泉水處挑水提水來做飯，洗菜洗衣洗澡即直接在水泉處解決，就像以前農村的生活。

不停水不缺水的時候，下雨了，我們也準備了很多水桶，放在屋簷下接水。雨水可以用來洗衣服、沖廁所、洗碗水澆花澆菜，每一滴水都可以盡到最大的用途。

素食的好處

要過簡樸生活最重要在食方面的節制。現代人生活富裕，最易放縱口腹之慾，奢侈浪費，得不到健康，反而疾病一大堆。

在淨土實行「盡量素食為健康，放棄肉食為節慾」。自然素食有很多好處：食物新鮮，蔬菜水果都是鮮活的，植物營養適合人體構造，人的腸子有足夠長度消化植物養分。反而動物在死亡時會分泌毒素，肉類進入胃腸後開始腐爛發臭，這些毒素與腐臭在人體內長時間存留實在對人有害無益。

營養學上講究各種營養，如脂肪、蛋白質、澱粉、維生素等，其實植物也含有這些各類營養素，素食不會營養不均衡。我們看很多長期素食的人照樣健康愉快，我們再看看，有很多動物只吃單一種食物，也健康強壯，如牛、羊。最稀有的動物，而且活潑可愛的貓熊，只吃醫學上認為沒有任何營養價值的竹子而已。人類應該也有相當的能力，只吃簡單的食物就能維持健康的身體。可惜的是，我們從小就被現代醫學營養學導向的父母照顧的太好，而失去了很多生存的能力。

聖經《創世紀》記載天主創造天地萬物與人類，讓人在伊甸樂園中生活，將有種子的蔬菜與果子給人作食物。「有種子」意思就是：我們吃了它們，它們仍能繁衍生殖，沒有死亡，人並沒有殺死它們。蔬菜果子是有生命的、新鮮的，人吸收的是它們的自然生命力。可是當人想得到超過自己能力的知識和智慧，吃了那知善惡樹的禁果而犯罪後，人與自己的兄弟開始不和睦，與大自然也不和諧，一心只想統御大自然，而與一些兇猛野獸一樣，殘殺吃掉另一些較弱小的動物，人就開始肉食了。所以人吃肉，是發展慾望的結果。

放棄肉食，盡量素食，目的在放棄與節制慾望；人能放棄與節制一些慾望，社會才會祥和，人與人之間，人與自然之間的關係才會改善，不再互相爭鬥和殺戮。

長期素食的人會變化氣質，比較溫純、和善、謙遜、不與人爭鬥、能節制、降低情慾，且容易體驗到別人飢餓的痛苦，而產生慈悲的心腸，願意去幫助別人，故修道隱居出家的人最適合素食。以肉食為主的人即較衝動、易怒、侵略性、好勇鬥狠、攻擊性強、易患心臟病、高血壓、糖尿病等，所以有愈來愈多的人為改善健康、修練心靈而提倡素食。

吃的文化

人天天都吃，多數人每天吃三餐，因此就有所謂吃的文化。在鹽寮淨土也有吃的文化。前面談的健康節慾素食就是鹽寮吃的文化的一部分。

簡樸生活吃方面著重在簡單、節制、自然、不浪費、不花太多金錢，也不費太多時間在準備及進食。一天只吃三餐，沒有點心零食，人會專心在那三餐上，一餐最多三菜一湯，人多時增加量而不增加樣。吃飯只吃七分飽，早上要吸收一天的能量，可以多吃一點，晚上要休息即少吃一點，這樣容易消化，不會營養過剩。人大概在吃到七分飽的時候吸收率最好；超過了，只會增加排泄量而已，這就是浪費。吃飯的時候，吃多少才拿多少，拿多少就吃多少，自己碗裡的要吃光光，不浪費，也不過量。現在的年輕人到自助餐店，吃一半倒掉一半的大有人在，已很少有「誰知盤中飧，粒粒皆辛苦」的觀念了。另外，飯前唱歌還有很多好處；心情開朗愉快，增加胃口，幫助消化。

有很多素食館菜式非常油膩，而且做出很多像肉類的素雞素鴨素魚素肉，表面是吃素，其實口素心不素，慾望並沒有除淨。在鹽寮我們為吸收蛋白質就直接吃黃豆、蒸黃石、豆漿、豆腐，也吃雞蛋；為吸收脂肪，用大豆沙拉油。炒菜盡可能用少量的油，食物最好生吃，其次蒸、煮、炒，盡量不要炸、烤。花太多時間準備，切得太細，手續太複雜的精緻食物是不合乎簡樸精神的。

很多根莖果類食物的皮是很有營養價值的，人的嘴巴吃軟不吃硬而把這些皮去掉，實在是很可惜。醫學發現，現代人有很多疾病，是可以因保留以前鄉下人很多東西連皮都吃的方法而避免的。現在很多人都知道胚芽米比白米好，糙米又比胚芽米更好。我們吃紅蘿蔔、白蘿蔔、黃瓜、地瓜、馬鈴薯都是不去皮的，很多水果如果皮沒有殘留農藥的顧慮，也連皮都吃了。

我們一天只洗一次碗，每頓飯後，用開水將碗涮一涮喝掉，不會浪費食物，碗也乾淨了。各個人的碗自己保管，到晚上才清洗，以避免蟑螂蟲蟻。公用的碗盤即合作清洗，較乾淨的還可以用兩次後再洗，這樣飯後就可以輕輕鬆鬆的不必為洗碗而忙碌，既可節省用水，又會心情愉快。以前在大陸的禪寺裡和尚吃飯用鉢，飯後用茶水洗碗喝掉，將鉢掛起等待下一頓飯再用，這叫做浪碗齋。這種惜福修行在台灣已很少見了。

一年之中我們會選擇一些特別的日子體驗飢餓，為飢餓貧困的人祈禱，像復活節、聖誕節前一天、除夕或發生重大飢荒災難的日子，一天只吃一餐，簡單的進食。由都市來的人常因營養過剩，身體肥胖不夠健康，我們會建議他選一餐或一天斷食，以清除一下身體內無益的負擔、多餘的脂肪、積存的毒素等。

為了吃潔淨的食物，我們自己墾地種菜，而且不用化學肥料和殺蟲劑，為了不毒害自己也不汙染土地。有些蔬菜蟲喜歡吃，咬過後雖然比較難看，但這可證明無毒，吃得心安。有些菜不怕蟲咬就更沒問題。

自己種菜技術不夠好，初期不能靠以維生，也不能樣樣都種，總是需要到市場購買的。只有一個人或者人少的時候，大約一個星期上市場一次就夠了。有時故意不買菜，到山上採些野菜，加上以前儲存的乾菜，或者鄰居豐收時的相贈，這樣一個星期也很容易過去。人多的時候食物量需要大，我們發現果菜批發市場是一個很好的來源。果菜商批發的貨都經過挑選，稍微不好看，有一些瑕疵就丟棄。每天有一大堆一大堆的果菜變成垃圾；有時蔬果產量過剩，也會一箱一箱原封的丟棄。我們逛一次批發市場，揀一揀，一個星期的食物就夠了。有時，有些水果蔬菜既新鮮量又多，不忍心由它堆積腐爛而浪費掉，就統統載回來，或分給鄰居，或製作成果醬菜乾，慢慢吃用。

在小小的台灣，糧食其實是很足夠的，在大都市食物很貴，在農產地卻糟蹋浪費。世界糧食問題其實也一樣，有些地方太多，有些地方太少，豐富與缺乏之間只是分配不均而已。

鄰居養了不少土雞，自由自在到處蹓躂覓食，有時候就在我們的地方做窩下蛋，常常可在樹叢中，在草地上拾到新鮮雞蛋。有客人來，讓客人去撿拾，更有一份意外的喜悅。

——八十．十、八～十　自立副刊

燒灶煮飯

小時候住在大陸，曾在黑壓壓的廚房裡看過很大的爐灶，但我卻很少接近。現在在都市長大的小孩子恐怕連灶是什麼都不知道。灶在現代人的眼光來看可能是落後的、原始的，但以非再生性能源愈來愈短缺的今日，使用再生能源的灶卻有了嶄新的意義。

很多鄉下人漸漸都以瓦斯爐電鍋，甚至微波爐取代了灶，灶已很少人用了。在以前山上海邊的斷木殘枝大家爭相撿拾，現在即任由它腐爛，這是能源浪費。在鹽寮海邊有很多漂流木，尤其是颱風過後，有不少粗大樹木都被沖到海邊，沒有人取用，是很可惜。我到鹽寮後，就決定用灶燒飯，利用海邊漂流木作主要能源。

我沒有使用過灶，連野外生火烤肉的經驗都沒有，所以首先就得學習。原來燒灶有很大的學問，使用不好時不但火生不起來，浪費能源、花時間、效率低、不經濟，而且汙染空氣。學問在於充分的準備與安排；灶底層的灰首先要清

燒灶煮飯

理乾淨，上層放紙一團，紙上放些乾草，草上放易燃細枝，交叉疊放，再來是較粗的樹枝木柴，一點火就可以把火生起來了。那團紙的量要能把乾草燒起來，草的量要能將細枝燒著，細枝的量要能將粗枝燒著，這就是按部就班，不可能只用紙將木柴燒著；那需要很多的紙，是浪費。每一層紙、草、枝、柴又各需空間，空氣才易助燃。每一樣燃料都要乾燥，才能完全燃燒，不致產生黑煙。現在我已可以一根火柴一張紙一分鐘把火升起來，並不比瓦斯爐慢。火候的控制也需要不少技術：有前後兩鍋的灶，要燒前鍋需關灶門，火往上燒；打開灶門，火即往後燒。要猛火加細枝，要旺火用粗枝，要溫火即只要單根中枝就夠。再加上火扇、火筒的助燃，煙囪的通氣，各樣東西運用得當，真可謂得心應手。

住鹽寮第一年用灶還不大習慣，有時需要瓦斯爐輔助，或者只煮一點東西時，就用瓦斯爐解決，這樣一年才用了一桶二十公斤的瓦斯，第二年用灶純熟，第二桶瓦斯就一直放在那裡只是備用，其實已不必用了。

人生現象常常是相應自然現象的。當你坐在灶前看火，用點心就能領悟：木柴要堆在一起燃燒，火才旺盛，分開就容易熄滅。人的心火也是如此，大家一起做事會做得熱情起勁，單獨一個人即易冷卻，只有三分鐘熱度。木柴單獨燃燒，很快就燒完；要一根接一根的，火勢才會延續下去，就是所謂的薪傳。人的心火不能只燒自己，也要燒別人；人的精神、文化也不應獨享，不能只有一個人輝煌，而要分傳給後人，才能流傳廣遠，不至於消失。做事，尤其是做有意義的事；要找人接棒，拖幾個人下水，事情才不會中斷而能繼續下去。

以前的人，火是一家人的中心，圍爐團聚，家庭主婦成天在廚房灶邊。在北方燒熱的炕是一家取暖的地方。在戶外有營火就能將人聚在一起，我們在鹽寮學習生活即由用灶開始。

——八十·十·廿四　自立副刊

如廁沐浴

人吃過後就要排泄，這是自然現象，現代文明人排泄叫「如廁」，上廁所。人工作一天下來，勞累流汗，灰頭油臉，需要沐浴盥洗。所以廁所浴室成了現代房屋必備設施。我在鹽寮三年，每天辦這兩件事，從中也體驗出不少道理來。

上廁所進浴室是為了清潔，應該是愉快的，但人常常以解決「急」事的態度來處理，沒有好好想想如何做到最理想，因此而沒有達到真正的目的。

靈修的人要求自己齋戒沐浴，與天地一同淨化。夏天我們在露天泉水處沐浴，人坦然無愧的立於天地之間，內外均能潔淨，是最好的淨化過程。冬天寒冷，洗澡在浴室內，用木柴來燒熱水，可以節省很多能源；淋浴代替盆浴又可節省很多水。洗手，我們常常浪費很多的水，如果在水龍頭下放一個杯子，你會發現本來要流掉的水實在不少，可以洗第二次手或者沖一次廁所。

新鮮的愉快

使用肥皂也有學問，肥皂要耐用需注意：用溼手抹乾肥皂，或用乾手抹溼肥皂，肥皂才不致很快溶掉。千萬不要將肥皂浸泡在水裡，一定要保持乾燥。我們全不用化學清潔劑，因為它不能為細菌分解，而汙染水體，增加廢水處理的負荷。洗衣服可以用天然肥皂，現在也有一些肥皂絲，浸泡衣服比較方便。刷牙可以用鹽。很多人用牙膏都上了牙膏廣告的當，擠滿一牙刷的牙膏，用一半掉了一半，其實只要用一點就可以使牙齒光亮。牙齒保潔最要緊是吃東西後刷牙，而不是用大量的牙膏。

人生樂事之一是如廁大解後的痛快，如果是因內急而得到的解脫那快樂就更大，可是用衛生紙來擦屁股，則這快樂會大打折扣。我在鹽寮淨土自學瑜伽修練後，發覺印度人在這方面有很高的智慧。大便後用紙擦拭是不會徹底乾淨的，唯有用水洗才是最清潔又衛生的方法，而且還有新鮮的愉快。用紙或其他東西擦拭容易傷及肛門細嫩的皮膚，流血、感染細菌而產生疾病；用水洗既清潔又衛生，而且可以防治痔瘡；用水不用紙更可少砍樹木，保護森林，這真是三全其美，好處多多。

在鹽寮，我們的廁所浴室為此有特別的設計，抽水馬桶旁是洗臉台，洗臉台上水龍頭中間有蓮蓬頭，蓮蓬頭可以用來洗屁股，也可以用來洗澡，大便後跟著洗個澡那就更舒暢了。所以可以光著腳光著身進廁所浴室，如廁沐浴後乾乾淨淨才出來，但不要忘記自備毛巾。有些人還是需用衛生紙，改不了習慣，在廁所內只好準備一個塑膠袋，收集用過的衛生紙，以免阻塞廁所，燒熱水的時候燒掉，既可消毒又可回收熱能。

一塊香皂用半年

如廁大解最好是在清晨起來稍做運動後，因為前一天我們進食的東西經過長夜的消化吸收，廢物就應該馬上排出，不然我們的身體真成了臭皮囊了。其實更理想的清潔法是：每次進食後，經消化吸收，就要排除廢物，這大概只有瑜伽行者才能做得到。

曾有一位深山索居者告訴我，她對物質的計畫是：一個月用一塊香皂，一包三七五克的衛生紙；半年用一管大號牙膏……一可提供社會主義配給制度參考，一可提供資本主義人士節約克己。我則告訴她，這對我還是物質消費主義的標準，因為一塊香皂我可以用半年，一管大號牙膏兩年還沒用完，衛生紙我已可以不用了，人實在可以這麼簡單的。

我來鹽寮之前，這裡住了一位鄰居老孟，是個自然主義者，自己搭建茅屋，故意沒有廁所，大小便均回歸自然，夏天全家大小就在泉水洗澡，這樣生活了七、八年。當時這裡人口稀少，訪客不多，留住下來的更少，沒有廁所可能是原因之一吧。

我來鹽寮初期，曾住過他的無廁茅屋一段時間，每天清早就需野外求生，解決大小，溪旁樹叢，海邊沙灘，既刺激，又有趣，過的真是原始生活。人跡稀少的地方可以如此，大地還能吸收得了；人口稠密時就沒有那麼方便，大自然也無法消化太多的糞便。所以我開始就要蓋廚房和廁所，為的是將來會有很多人到這裡來體驗生活的。

黎明即起

以前農業社會的人黎明即起，日出而作。今日都市工商社會的人，尤其是特種行業的人，不管是正當的或不正當的，都把日夜顛倒了，不利用自然的光明生活，卻在人為的電燈下過夜生活，因此滋生出很多人身體上及都市社會的病態問題。

我們是自然人，就應徹底隨著自然的節奏生活，大地上的所有動植物都隨著最大的光能源太陽而作息，我們不照這自然規律生活，美其名是改變自然克服自然，實在是違背了自然。大地上仍然看到日出日落，可是違反自然生活的人卻不再自然了，臉色蒼白，百病叢生。

要離開都市，回歸自然，首先需要調整的就是作息的生活習慣，每天黎明即起。這裡有兩樣東西幫助你起來——天剛亮小鳥公雞就會啼叫，而且很努力的在啼叫，牠們都已開始工作覓食，你不起來都有點不好意思呢！其次就是太陽升出海平面，發出燦爛的光輝，照進室內，牆上蚊帳上都是愉快的晨曦，大地全都甦醒了，你實在沒有理由再賴下去，而且會以一種欣喜的心情起來。夏天約五點，冬天約六點太陽就出來，有些第一天來到的人，興奮的，甚至四、五點就起來，跑到海灘上等待日出呢。在空氣好、壓力少、清靜自在的地方生活，不需要太多的睡眠，精神都能保持很好，所以清早起來不會是一件困難的事。

起來後簡單的漱口洗臉上廁所，然後做晨間靈修運動：或瑜伽、或靜坐、或打太極、或海濱迎日、或登山遠眺，有時跑步，有時體操。做完靈修運動後，大概七時早餐，食物或前一天準備好的，或活動之前簡單準備。早餐盡量簡單，但要吃飽一些，因為一天的能量要早上儲備充沛。

上午安靜看書、寫作、思考，有時也出外走走，或整理菜園，或採野菜，有時也隨興之所至做些別的工作。中午約十二時午餐，大家合作準備，餐後午睡休息片刻。下午有時交談、有時戶外活動，如登山、溯溪、走海灘，在夏天因人隨興為之。在東部日落黃昏得較早，有較多時間可以在日落之後勞動工作，如割草、鋸木、種菜、澆水，或者到海邊撿石頭木柴等。菜園裡有收穫時，當天就有新鮮的蔬菜吃。晚飯約在六時，飯前洗澡可以洗去一天勞累，幫助消化。晚上八點大家在燭光下分享一天的感受，做心靈的交流，在分享中常常會討論一些生活的主題、環保的觀念，或人生的意義、或宗教信仰等。這樣的分享常是一天中最美的時刻，在溫暖的氣氛下圍坐一起，坦誠開放，自由舒適，人與人之間的隔閡盡消，很多人雖然是第一次相識，卻能成為知己好友。分享最後大家在一片寧靜中默禱靜坐一段時間，互祝晚安後才靜靜的去休息，結束一天的生活。

這樣的生活是很多忙碌的都市人所羨慕的，但只要一個人能放得下、捨得開，就可以在這種環境下過幾天自由自在的生活，而能回歸到——

日出而作，日入而息，汲泉而飲，採野而食，名利於我何有哉！

——八十·十一·九　自立副刊

夜不閉戶，出不鎖門

我曾經想過，在大同村裡不需要門，連廁所浴室也不必要門，這是國父孫中山先生的大同世界裡所希望的——盜賊不興，外戶不閉。很多接近原始民族之所謂門只是一張布簾而已。我去過一些地方，公共的廁所、浴室是沒有門的，大陸就到處有這樣的公廁。可是現代的都市，尤其是在台北，家戶公寓的大門愈來愈厚，鎖愈來愈多，有一重兩重三重的，高樓上層層都是鐵窗，人住在裡面這樣才覺得安全保險，否則就是不安全不保險。人類自古至今一直尋求安全感，可憐住在都市的人安全感卻愈來愈少、愈來愈低。

我來到鹽寮，設計的房屋雖然有門，但沒有特別考慮要鎖。房子蓋好了，有人送來兩把小鎖，實在小，只是象徵的鎖而已。我偶而出門離開幾天才用得上，但是鑰匙就掛在廊下，也告訴一些熟識的人知道。我出外雖然鎖了門，但常是留一扇窗不鎖上，好讓不知道鑰匙放在哪裡的朋友仍能進入屋內。

有一次，一位住花蓮常來的朋友來找我，剛好我去了台北，回來後看見她留了字條：你大門全上鎖了，不乖的我只好爬窗戶進了屋內，睡了一夜。這才知道她吃了閉門羹。

後來我想，何必上鎖，沒有要鎖門的理由，因為我過的是簡樸的生活，屋內實在沒有什麼東西怕被偷的，沒有電視、音響、錄影機……沒有金子、首飾等值錢的東西，有的是海邊拾回來的石頭，上面寫了一些嘉言勉語，對要拿它的人一定有好處；另外有一些書籍聖經，想看書的人拿走是好事；其他有些工具、食物，對有需要的人也不必吝嗇，所以後來我離開出門都不鎖門了，久而久之連那把鎖也不知去向，這樣實在簡單自在多了。

有好多次，朋友來，我不在家，朋友就自由自在的住上一兩天才離開，也沒留字，等再見面時談起來才知道他來過。也有第一次來訪的陌生人進屋裡看了半天書我才回來。另外，有一位記者來採訪，沒有預先聯絡就來了，她以為我一定在家，哪知我剛好出遠門去了，她一個人等了兩天，也在這裡生活了兩天，正想走時我回來了，終於達到採訪的目的。

有不少人由台北來，睡在那間木屋內，看見門內沒有鎖也沒有扣，一夜不能安睡。人長期在靠鎖才覺得安全的環境下生活，到了自然的環境裡反而沒了安全感，能怪誰？

有一次有兩位年紀較大的女士也是從台北來的，下午我們一起到海邊散步，走到半路，她們忽然不約而同說要回去看看，等她們看完再下來才去散步。散步回來已近黃昏了，看見我們唯一有鎖的一間房子門窗緊鎖，原來她們回頭上來是將她們的皮包鎖到這間房子內，而且是反鎖的，這下可好了！這屋子是前人蓋的，門上的喇叭鎖，因為很久沒用，已不能打開了。只好慢慢把一扇窗上的玻璃拆下，才能進入房內開門，然後再把玻璃裝回去，這一拆一裝就花去一個多小時。她們連聲抱歉，因為在台北實在被偷怕了，才會有這種行動！

不鎖門，不怕被偷，有三種人：第一種是一窮二白的窮光蛋，沒得偷；第二種人是沒有多少值錢的財物，不在乎人偷；第三種即是心胸坦蕩，不相信會被偷，被偷了也無所謂的人。不怕被偷需要慢慢學習，慢慢修練。首先學習不要擁有太多東西，進而放棄不必要的東西，再來是盡量使用不值錢的二手貨舊東西，最後就算被偷了，要是偷的人可能比你更需要那件東西，就由得他吧！有這樣坦然心懷，實在是不容易啊！但只有這樣你才能做到夜不閉戶，出不鎖門，睡得安心，了無牽掛。

在鹽寮，我的財產在大地、在心裡，人偷不走。這裡人煙稀少，遠離市區，沒有人會跑到鄉下來偷不值錢的東西的。有人說：「在台北你試試看？」連聖堂寺廟都會被光顧，現在的竊盜並非因貧窮起盜心，而是因縱情恣慾，貪得無厭啊！在都市沒有幾家不被偷過的，大家都成了驚弓之鳥，無不惶恐！

我以前也住台北，住處無鐵門鐵窗，鑰匙總是掛在門邊，窗戶常不鎖緊，因為我沒有購置什麼值錢的東西，就不怕被偷，所以才能心安理得的住了十多年。

——八十．十二．九　自立副刊

自己動手蓋房子

來到鹽寮第一件需要做的事就是蓋房子住。都市水泥叢林是我們詬病和厭惡的，所以蓋房子第一個原則就是用最少的水泥，盡量用天然材料，且要就地取材。

竹枝茅草屋在海邊本來是最理想最相襯，且又冬天溫暖夏天涼快。但竹子在這山上不多，目前也相當貴，且不耐久，頂多四五年就會殘破；茅草即一兩年就要換新，也不是長久耐用的材料。如果只是自己住本來也沒有什麼關係，最多過幾年重新再蓋，竹子茅草壞了會回歸自然，不會汙染；竹枝茅草生長快，不用反而是浪費。不過這裡蓋房子是為更多人使用的，所以就要考慮耐久、穩固與安全，木材要比竹子茅草好多了。木頭房子對人的居住也很適合、親切、溫暖。木材用來蓋房子給人居住是對其最尊貴的利用。木料現在比較珍貴，到處都不准隨便砍伐。我們即盡量找舊木料，花蓮有不少舊木房子，要拆掉蓋水泥房，現代人講求效率，拆房子是用怪手兩三下弄倒，再一把火燒掉，一點都不珍惜房子裡可用的材料。為了挽救那些有用的材料，只要風聞哪裡要拆房子，我們就趁房子未被推倒燒掉之前去把門窗、樑柱、隔板等東西拆下來。有些是幾十年的老房子，材料都很好，有檜木樟木，香味尚存，不會被蟲蛀，燒掉實在太可惜。所以我們在鹽寮蓋的房子有很多是舊木材舊門窗，這與簡樸精神很配合：惜物、物盡其用、不浪費，老舊就是寶，且心甘情願樂意的接受這一切。

除了舊材料我們也就地取材，海邊常有漂流木，有些很適合作建材用，圓圓直直的可以作欄杆、樓梯、扶手等。蓋房子使用之外，這些由海邊撿拾回來的木材也是搭建亭台的好材料，因此我們也就蓋了木架茅草頂的工寮、涼亭及觀海台。

在山麓海濱居住，想與大自然融為一體，需要一些特別的設計，才能有此效果，主要是讓人盡量與大自然的空氣、樹木、石頭、土地接觸親近，而不受建築物阻隔，不然就像愈來愈多的鄉下房子，平頂水泥房外貼瓷磚，加上鐵窗沙網，前院是一片水泥地，與都市的房子設計沒什麼差別，只是矮一點而已。

淨土的設計盡量依照前面的原則，房子周圍的走道全用海邊的大石塊扁圓石或白石子鋪成，小草就在石旁生長。每個人都可以到海邊撿一些自己喜歡的石頭鋪在路上，人走在自己鋪的路上就有一分親切感，光腳行走不但有腳板接觸石頭的快感，而且還有腳底按摩的效果。我們的木屋是高架起來的，通風涼快，而且可以避免蟲蟻的侵蝕。房子高架可以遠眺，窗戶開得特別大而低且四面都開。窗戶大視野廣，窗戶低坐在地板上就可以看見室外的風景，四面皆明亮舒暢。窗上沒有鐵枝紗網，與戶外沒有一點阻隔，只是形式的一線之差而已，可以直接呼吸到外面清新的空氣，也可以直接觸摸到窗前的景物。東面向著太平洋，窗戶特別低，每天日出，太陽就直接告訴我們一天的開始。

鹽寮一帶沿公路靠海一邊的房子大都面向西邊的海岸山脈，山很近，頭抬得很高才看見山頂，太陽三四點就被山遮住了。公路就在門前，汽車疾馳而過，噪音就灌進門來，雖然住在這麼偏遠的海邊，煩躁感還是一陣一陣的因汽車經過而來。我們雖在公路的下面，每幢房子都向東對著大海，把文明的汽車帶來的噪音放到背後去，坐在窗前可以安靜的欣賞海天的變化。

我們蓋了兩幢木屋，第一幢在公路下來的小徑入口旁，門口向南，低窗向東，門前有斜坡引上走廊，走廊寬敞開闊，是下棋、聊天、看書安靜的角落，夏天還可以在走廊上睡覺。室內有近十坪大，沒有裝修隔板，也沒有油漆，是純原木的顏色，也有木的香味，地面是木板通鋪，夏天清爽涼快，冬天加上榻榻米即暖和舒適。這木屋是靈修的中心，早上可以瑜伽靜坐，晚上即分享、睡覺。

第二幢木屋在溪邊小石山下，全面向東，分隔有三間小房間，房間窗前有一走廊相連，走廊一頭可以下階，另一頭可以上石山，每間房間內還有閣樓，為小

初期創建鹽寮淨土的伙伴及鄰居幫忙合力蓋房子

家庭小團體都很適合。這裡的欄杆樓梯都是用海邊撿到的原木條造的，簡單而自然，坐在走廊上，前面一片開闊的草地，再遠就是海洋，是獨自冥思靜坐的好地方。

房子的設計完全可以自己來，建造的技術即需要別人的幫忙。其實蓋房子的很多工作是一學即會的，所以不需要專業的師傅，我們都盡量自己動手，如釘牆板、地板、屋頂板，都是很容易的工作。做一些桌子、凳子也不難，只要多花一些心思就可以，雖然做得不夠專業水準，但穩固實用就好。造柱上樑就得要有木匠的幫忙了。在蓋房子時，我們也盡量邀請來體驗生活的朋友一起動手。蓋房子的經驗很多人都沒有，在完成時那種參與感和成就感是難能可貴的。在自己動手、共同參與的同時，也可以發揮人本來就有的潛能與創造力，以及人與人的合作精神，這又是另一種收穫。

在美國有一個族群叫阿米士（Amish），他們是小村落制，誰家結婚要蓋房子，全村的人一起幫忙，男人蓋房子，女人做飯，一個農莊包括人居住的房屋、牛舍羊欄、倉庫等，一天之內就完成了，那種合作互助的精神實在很感動人。在花蓮有些阿美族部落，誰家蓋房子，也有每家出一個人幫忙的互助精神，這在都市裡絕不可能找到的了。

——八十·十一·十六　自立早報

彎腰撿菜

到市場撿菜是兩年前開始的，這是從未有過的經驗，撿菜是揀選也是撿取。

前年的暑假有十多個中途之家的小孩子要到鹽寮來住兩個月，照顧他們的阿姨們希望他們在體驗自然簡樸的生活後能變化氣質、糾正行為。我們為了供應十多個小孩子的飯量，自己種的一點點菜是不夠的，時常需要上市場採購較大量的食物。有時另外來一個團體，人數更多，所需的食物就更多，於是就由小市場到大市場，再由大市場跑到批發市場。

果菜批發市場主要拍賣整批的蔬菜、水果，即有一整箱的賣，也有一些菜販少量零售。我們巡視了一週，發現菜農挑選蔬菜，將外層菜葉剝掉，有一點爛的瓜整個不要，於是每天淘汰一大堆；水果商也一樣，稍有瑕疵的或過熟的水果都丟棄，有時是一整箱的，於是每天水果蔬菜丟掉的堆積如山，還有紙箱、竹簍、塑膠袋、保麗龍也隨地丟，最後就造成大量的市場垃圾，由堆土機、垃圾車壓縮、搬運，當垃圾送到垃圾場棄置。

看看這些蔬菜水果其實還是好好的，只是不到甲等的標準，丟棄實在可惜，當然他們是賣不出去的，我們拿來吃卻一點問題都沒有，因此我們就開始挑選比較好的、完整的、新鮮的、乾淨的，回來後再清洗，就是很好的食物，又不要花錢，何樂而不為。

每次撿菜回來的晚上，我們都分享這種經驗：有人起初不好意思，怕被人看到，但蹲下去撿的時候又很開心，愈撿愈興奮，愈找愈發現愈多好的東西，欲罷不能；有些穿得比較漂亮的女士就很在乎別人的眼光，但大夥都在撿時，有伴她就能克服那種不安的心態；有些中學生知道我們會去撿菜，來之前就準備了牛仔褲和墨鏡，但到市場後看見大家都很自然，他就不必戴墨鏡也很自在了。人常常都是開始那一刻的心態難克服，只要有人帶頭，就容易了。

我常反省，我們為什麼去撿菜？不是沒有錢買，也不是貪心，而是為了不要使有用的好東西浪費掉。可以吃的東西拿回來就是食物，有價值的；爛水果菜葉如果在田地裡成為肥料，還是有價值的；但是丟到垃圾堆去，價值就變成零，是一種浪費；如果汙染環境，孳生病媒，就更成為負面的價值，而且是一種公害。我們撿菜也有一種示範教育作用，使看到的人提醒浪費的人，知道應該惜福。

其實菜農果農們何嘗願意將辛辛苦苦種出來的東西，搬運到市場來而被扔

市場撿菜回來整理

掉呢？可是農戶大量使用農藥化肥，使產量大增；消費大眾有錢，稍微不漂亮的產品都不要，才造成這樣的浪費。蔬果由批發市場經中盤小販才到消費者，需時很久，如果過熟了就不能保全而會爛了，如果載回農地他們又嫌麻煩，所以就地丟棄。市場中都是商人，商人大都有功利主義的心態，由買賣之差賺錢，賣不出去的沒有保留的必要；淘汰壞的，好的就可以賣更高的價錢；東西太多價錢低，寧可丟掉一部分以提高價格；惜福不是他們的最高原則，這就是資本主義的經濟觀，奈何！

我們將他們丟棄的果菜撿拾起來，對一些仍有傳統惜福美德的菜販其實是一種幫助，減輕他們因浪費而有的罪惡感。有一次一位菜販送我們一大袋醃好的蘿蔔，還吩咐我們，可以吃的，不要丟掉。可知他們也是捨不得的，但有時實在沒有辦法。當然我們也該感謝他們辛勞的耕種和搬運，我們才有這麼美好的食物。

當我們要去市場撿菜時，最好要有以下的心理準備：我撿菜不是沒有錢買，是因為不忍心看著這些東西白白浪費被扔掉——是惜福；也是為減輕商菜販因扔掉浪費而產生的內心不安；而且這些東西還是好好的，為什麼不可以撿起來吃呢？

雖然我們可以這樣想，但是當我們撿菜時仍然會有一些人以異樣的眼光看我們。有時他們會問：「你們是哪個孤兒院的？」小孩子會老實回答是由台北來的。其實現在社會富裕，孤兒院老人院都不必撿菜了。也有人會問，你們撿來做什麼用？不好意思的就笑笑不作聲，有些人即回答餵豬以掩飾，大多數人都能坦然的說拿來吃的。有些菜農知道是為人吃的，有時故意多剝兩片漂亮的菜葉下來讓我們撿，也有人更好心的就送小孩子一、二個完好的蔬菜，小孩子喜孜孜，送菜的也感到高興。我發覺愈是天真無邪的小孩子愈覺得撿菜好玩，愈是大人愈因身分地位而感到難為情。兩年來的經驗，我只看過一、二人，實在彎不下腰來撿菜的。

我們差不多每個星期日都會到批發市場撿一次菜，有時到鹽寮體驗簡樸生活的人比較多時，也會額外去一趟。去得多了，市場的人都認識我們，每次看見一大群小孩子或者年輕人來撿菜，他們就知道是由鹽寮去的，市場的課長還特別到鹽寮來看看我們的生活，有菜農沒有帶走留下來的瓜菜他會叫我們自己挑選。有些果商有準備淘汰的水果，也會送給我們，有時是一箱箱的，所以星期天中午我們常常吃水果大餐。

水果盛產豐收時，他們淘汰的就更多，什麼水果都有，有一次撿到兩箱大鳳梨，每個頭上還綁著紅絲帶，另有一次撿到十箱大的無籽西瓜，每箱兩個，個個香甜。大袋的酸菜、整箱的黃瓜、一麻袋的豆芽都撿過。有時我們真想不透他們為什麼要把好好的東西丟掉。有時東西實在太多了，我們又吃不了這麼多，但想想不要的話，等市場收市這些漂亮的水果蔬菜都會被壓碎成泥，丟到垃圾堆去，更可惜，所以就統統撿走，帶回來沿路分送鄰居，皆大歡喜，也解決了問題。有時我們也將水果做成果醬，蔬菜做成菜乾或泡菜，慢慢吃用。

有些團體到鹽寮來體驗生活，特別要求到市場撿菜，市場撿菜就成了體驗惜福簡樸生活的一個有意義的項目。有一次在撿菜之後的晚上分享，有人說，其實不難，只要放下身段就好；有人說，這是惜福，應該做；有人分享撿到水果的愉快，與菜更有感情；也有人說，菜販送他一粒大白菜，能欣賞菜的美及感謝上天的恩賜……，有一位物理學博士班的學生，他在鹽寮已住了多月，他想一想也說：「撿菜是學習謙卑的好方法。」

的確，撿菜需要彎腰下去，需要忍受別人的眼光，需要放下身分，需要謙卑。

——八十二．十二．廿六　台時副刊

露天洗澡、野外拉屎、早晨喝尿，自然耶！

在大自然裡生活，露天洗澡、野外拉屎、早晨喝尿，都是天經地義，自然不過的事。鹽寮靠山面洋，有花東海岸山脈，太平洋綿長海岸，人煙稀少，最適合這樣的自然生活了。

露天洗澡

人光溜溜的來，也光溜溜的去，是自然的現象。小嬰兒光溜溜的由母親的肚子裡跑出來，沒有人感覺不妥，還更喜歡擁抱、親吻；老人去世後光溜溜的任人擺布、梳洗，也沒有人感覺不妥，只是懷著虔敬的心情。

其實大多數人都有不穿衣服的慾望，這是天性。看，小孩子就不喜歡穿衣服，夏天哪個小孩子不希望脫光衣服在水裡嬉戲？大人其實也一樣，在游泳池、河川、海灘，穿得愈少愈痛快，最痛快就是在浴室裡脫光光洗個冷水澡。很多人進到浴室就不想出來，因為不穿衣服的確非常舒服愉快。

在我們的社會裡有別人在場的時候你就不得不穿衣服，這是道德、風俗，為什麼有這種道德風俗？因為在別人面前你不可以太純真、坦誠、信任、親密……不然會引起不良後果。但是如果兩個人都有足夠的純真、坦誠、互相信任、彼此親愛就可以赤裸相見，就如夫婦之間、父母子女之間、原始民族、日本浴堂、北歐三溫暖、印度修行者及天體營裡……我相信在天堂裡，人是不需要穿衣服的。

人最初是赤裸裸相對的，就像亞當和夏娃的樣子，但自從他們吃了禁果之後就覺得害羞而要穿衣蔽體，這個「禁果」就是慾望，「害羞」就是私心。人有了慾望就會有私心，有了私心就需要遮掩，人無慾無私就能坦然相對。人可以經由修練修行去掉慾望與私心，或在純真坦誠互信親密的氣氛下克制慾念與私心，原始民族本來就如此，日本的浴堂裡也做到了，天體營更標榜這種精神，有不少現代家庭也用這種方式生活及教育子女。

在鹽寮，我們有自然的環境，有清澈露天的水池，來的人都喜好自然簡樸的生活，也能純真、坦誠、互信相待，所以在這露天水池洗澡，就是很自然的事，雖然不是主動要給別人看自己的赤身露體，但也不怕被別人看見。男生當過兵的，露天洗澡習以為常；女生露天洗澡的時候只要告示過路的人等一等，「有人在洗澡」，也就安心的洗了。

水池洗濯

有一位長髮女孩，曾在澳洲住過幾年，來到鹽寮，知道這裡要到露天水池洗澡，她一點都不在意。中午日正當中，明亮溫暖，她就到那泉水處洗澡去，那水池三面有矮樹叢環繞，一面即有通往海邊的小路經過。鄰近有一位老先生是原住民，正好要到海邊撿石頭，路經水池，看見她在洗澡，就問她水冷不冷，她也大方的回答不冷！

另一位輔仁大學老師第一次來鹽寮，也入鄉隨俗，到水池洗澡，住我們鄰居茅屋的一個女孩剛好要到海邊散步，也由那裡經過。他以為那位女孩會不好意思，急忙遮掩，那女孩卻若無其事的和他打招呼，也問水冷不冷啊！他真有點面紅，晚上分享時，他說今天上了一課，想歪的是自己，而不是那個女孩，以後遇到這種事情就能坦然以對。

來鹽寮體驗自然生活的人，露天洗澡是一門必修課，絕大多數的人都能通過，只有很少數的人不敢嘗試。男生都覺得痛快淋漓，女生即覺得新鮮有趣。暑假有兩位高中男生來住了幾天，仍感不好意思，於是豎立了一塊牌子：

「洗澡中，非禮勿視。」才覺得安心。很多女生在分享時都說是生平第一次，非常興奮，因為都克服了那最大的心理障礙。女生由國小到四、五十歲都有。有一位常來的女生說，對露天洗澡上了癮，尤其在月下洗澡更是詩情畫意，夏天夜裡時，她還要再洗一次澡才能入睡。她說有一天晚上四個女生一起洗澡，在池邊有說有笑，遠遠聽見有人來，大家就說，要遮住哪裡？有人說遮這裡，有人說遮那裡，她說遮臉就好了，看不見臉大家不都是一個模樣嗎？引得大家大笑起來。腳步近了，原來是巡海防的阿兵哥，拿著手電筒而來，她們大叫，不要照，不要看。阿兵哥即說誰看你們！真是革命軍人目不斜視！

我住鹽寮多年，除了天氣太冷或者訪客太多，我都是在那泉水露天洗澡，洗完澡洗衣服，一貫作業。白天洗澡，常有藍天白雲，清風麗日，心曠神怡；晚上洗澡又會有明月繁星，蟲唱蛙鳴，別有情調；最怕是黃昏洗澡，蚊子出動猛叮，只好匆忙了事，但一天勞累汗臭清洗後還是有舒暢的快意。洗澡後赤裸的立於天地之間，俯仰無愧，才是最神聖的感覺。

野外拉屎

野外拉屎就是拉野屎。所有動物都是在野外大小便拉屎拉尿的。人也是動物之一，在集居一起之前也是隨處解決大小便的，大自然總有消化的能力。

當聚居人數眾多，屎尿味臭，需要隔開，在遠離居住地方的定點作為大小便之處，就有了茅坑廁所，這就是人類的文明發展。文明進步，人口繼續集中就成為都市，現代都市人口動輒十萬百萬，居住面積小而稠密，廁所就不能在遠處，只好與吃飯睡覺的地方在一起，因此才發展出今日的抽水馬桶、化糞池、衛生下水道、汙水處理廠等連串設施。

在人口沒有那麼密集的地方仍然使用傳統的茅坑水廁，人煙稀少的地方仍然是隨處解決，野外拉屎。中國大陸絕大部分地方的廁所都與五十、一百年前一樣。南方多水澤，茅廁就在魚池之上，搭起棚架，屎落池塘，魚兒爭吃，是一趣景；華北乾旱，茅坑多在豬圈之上，人要上廁所，但聞腳步聲，豬兒就已昂首等待，屎一下坑，一忽兒就已被吃光光了；大漠南北，風沙強勁，人跡罕見，就地解決，屎條一下子就變成了乾腸，一點兒氣味都沒有了。這些地方我都去過，都是親身的經驗。

記得小時曾住廣東新會縣潮連鄉，珠江流域上的一個小島，家裡有茅坑，茅坑積糞滿了，就有人來收集水肥，拿去種菜。小孩子不敢蹲在茅坑上大便，怕掉下去，就用一個便桶解決，然後再倒到糞池去。稍大後，仍然不喜歡到茅坑，就跑到比較遠的魚池去上廁所。祖父是文人詩客，有一天他興之所至說故事：才子唐伯虎小時候頑皮任性，隨地便溺，但天才橫溢，有一次靈感來了，隨手寫了一幅對聯：「屎落池塘驚動滿天星斗，尿淋壁上畫出萬里山河。」真是妙對絕對啊！

五年前遷居鹽寮之初，要蓋廚房廁所，與朋友商量設計，我本想簡單接近自然，蹲的茅廁就好了，但朋友說有關節痛，無法蹲下，蹲下就無法站起來，如果無坐廁，她就不敢來了；為老年人蹲廁可能也會有困難，我想想也對，歡迎別人來體驗簡樸生活，也不要太為難別人才好，所以我們就有坐有蹲的廁所。

蓋房子初期，我借住鄰居的茅屋，每天大小便都是野外求生，每天可有不同的選擇，緊張又刺激，因為還是怕被別人看見，久了就覺得這是一種樂趣。後來自學瑜伽，想到印度人大便之後用水沖洗的智慧，欣然接受，嘗試之後更覺得舒適愉快。自此即很少進廁所，更不用衛生紙了。每次野外拉屎，就近的地方有水當然沒有問題，沒水的地方只要準備一小瓶或小杯的水，就可以清洗得乾乾淨淨。

鹽寮海岸狹長，人口很少，野外拉屎一點都不會造成汙染問題。我們在山上有一竹林圍繞的靜修小屋，偶爾才有人居住，園內種有不少果樹和雜樹，在樹旁挖一個坑就可以拉野屎，拉完堆土一埋就解決了，以後就是很好的肥料。淨土旁有一小溪澗，水流急湍，不到百公尺就可入海，在這裡拉野屎也沒有問題，屎沖到大海就是魚兒的食物，其實不用到海就沒有了，因為溪流中岩石錯綜，造成不少水窪小池，其中有三個小池分別有小烏龜、小魚兒、小螃蟹居住，各有特色。我們將它們編了號，隨高興選擇第幾號拉野屎，烏龜、魚兒、螃蟹也需要食物，每天都會把屎吃得一點不剩。每次便後看見小螃蟹從石縫中爬出來搶食的樣子真是滑稽可愛。在海邊沙灘或草叢中拉野屎更是沒有問題，鹽漬風乾都是很好的處理方法，最後會回到土壤變成肥料。

有一天晚上分享時，有一位朋友引出了「拉野屎」的話題，有不少人回應，原來平時大家忌諱，不談屎，更不談拉野屎，一旦有人大膽開頭，其實很多人都有這種經驗。一位居留美國多年的業餘作家來到鹽寮，看到這裡的景物自然空曠，每次欣賞之餘都哇哇聲的讚歎，他忍不住說：「我要去拉一拉野屎！」事後他說，好久沒有這麼痛快啊！在美國登山露營是准許拉野屎的，森林公園管理員料到人們需要拉野屎，規定入山要備帶小鏟子，用來處理掩埋所有廢物，否則受罰。

來鹽寮住的時間較長或者來的次數較多的人，我都會向他們提起拉野屎的樂趣，也建議他們嘗試，不過真的嘗試的人不多。有一位在這裡住了很久的女孩就能全然接受，而且成為每天的習慣，不但拉野屎，也不用衛生紙，拉後還痛痛快快的大洗一番呢。

每天我跟著太陽起來，靜坐一回兒之後，伸展一下筋骨，喝一大碗水，就去找那陽光最好、心情最順的地方拉野屎。有時是面對大海日升，海浪一波波的衝上來，有助胃腸肛門蠕動的節奏；有時是下溪水奔馳，也有助出便的流暢，真是人生樂事，快哉！快哉！

早晨喝尿

每天早上拉野屎，同時做的功課就是進補回籠湯、黃金水、生命泉——其實就是喝尿。

喝尿治病、養顏、強身，在台灣已不是新奇的事了，近年來各種大眾媒體均有報導，也有人積極推廣，聽說已一窺堂奧的人約有一二十萬。

大約兩年前，有一位推廣尿療法的女士及朋友來到鹽寮，她們住下後談到將要去告訴一位患絕症的病人這種方法，看來她們真是出於一片熱誠與愛心。她說到尿療法的根據及效果，我覺得非常合理可信，第二天我就開始嘗試了，覺得很容易。早尿熱騰騰，就像熱啤酒或清草茶，淡淡的有一點點鹹苦味，不臭不臊。

我有開放的心性，對新鮮理論，尤其是簡單自然的事物都能接受。尿是人體內的東西，最自然不過；只要拿個杯子裝了就喝，也最簡單不過；不花一毛錢，推介的人不賺你一分錢，還送一片好心，最便宜不過；推介的人有親身治癒的經驗，沒有什麼好懷疑的。

試了第一次就不難了，後來繼續幾天早上我都喝，想不到我咳嗽了十天，以為是小時候的百日咳復發，三天之後竟消失於無形。當我喝尿的時候完全是抱著嘗試的心態，沒有想到要治咳嗽的。

我相信尿療法是有道理的：尿不同於屎，屎是我們不能吸收的東西，不是廢物，豬狗魚蝦都吃人屎，證明它還有營養價值。尿與屎有不同的系統，它是血液經腎臟過濾處理後的液體，是血液的一部分，仍然含有很多有用的物質，特別是賀爾蒙、酵素、蛋白質和針對身體內某些疾病的抗體，都是好的東西，只是跟隨我們身體內過多的水分而排出來。人在未出生之前，在母親的子宮裡，就是靠這些液體（羊水）循環於胎兒的體內外而得到養分，整個胚胎及羊水都是營養的東西。看看胎生動物生產後母親都會把整個胎盤吃掉可以為證。人因為心理作用而將胎盤、羊水、尿等東西視為不潔之物，但自古即有用這些東西來醫病的記載。

陸陸續續我早晨喝尿已有近兩年了，身體沒有感到什麼不妥，積極的現象仍未看出。喝尿倒可以觀察身體的狀況，當勞累、睡眠不足、精神疲乏、食物過鹹過多、吃肉、飲酒……尿的色澤與味道都會呈現不同的情形，喝起來味道是濃烈鹹苦的，這時自己就知道應該檢點、調整、改變生活飲食的習慣，以免積疾成病。如果常吃蔬果，少吃酒肉，少吃腥辣，少抽菸，尿的味道是淡淡的；前一天晚上多吃水果，還會有清香的氣味，喝來非常可口，尿臊味是使人敬而遠之的第一印象，尿臊是因為尿跟空氣細菌接觸久了而變質的結果，不是尿本身的氣味。

我自從過自然簡樸的生活以來，就很少生病，偶爾受涼感冒，只需要多喝水多休息，第二天就會好了，腸胃不適，也只要斷食一天就沒事了；現在加上喝尿，身體的健康就會有更多一點的幫助。

現在有很多絕症的人經中西醫治療都無效後，用尿療法就痊癒了。我想可能就是尿中的賀爾蒙、酵素、抗體，或者一些微量的神奇物質所致，人的身體就如一個小宇宙，是神妙莫測的，現代醫學雖然非常進步，但對人的身體仍然所知有限。人在宇宙大自然之前最需要的就是謙卑、感恩、接受，才會獲益。

我「喝尿」並不是看重它的治療效果，因為我沒有什麼嚴重的病症，我接受它是因為它是自然的事，也就是在大自然中生存之道的一部分。

——八十三．二．七～八　台時副刊

節食、素食、斷食

食出毛病

這一代台灣人和其他許多富裕國家的人一樣，常常有營養過剩、身體過胖的情形，這帶來疾病與痛苦，所以常常聽見有人說要減肥減胖。減胖的過程中無論採取什麼方法，都會有一些痛苦。

上一代的中國人或現在第三世界國家中的很多人都有過飢餓的經驗，或者仍然處在飢餓的狀況下，於是營養不良、疾病叢生。在飢餓中的人常是沒有辦法、無可奈何、飢不擇食，非常痛苦。

過胖要減肥，飢餓無食物都不是自願的，都會帶來痛苦。

每年世界各地比較富有的地區，由宗教團體發起為貧窮地區飢餓的人民募捐以解決他們的饑荒、糧食不足的問題。天主教自古即有守齋活動，尤其在耶穌受難前的四十天，所謂封齋期，所有教徒守齋克苦、節約金錢、捐助貧窮的人，第二次世界大戰之後由德國首創，改為四旬期愛德運動，將所得捐款成立基金，協助第三世界國家的發展，現在已普及全球天主教會。基督教也有所謂飢餓三十運動，禁食一天，省下來的錢救助非洲饑民。近年佛教也有類似救援行動，但不一定要禁食，只要捐款就好。

守齋、禁食就是節制飲食，不吃肉、不吃飽或者一頓或一天不吃飯，這不同於減肥的節食，不是為自己的身體健康，而是為別人的生存，是一種關懷與愛心的表現。

為幫助別人，為解決飢餓而伸出援手，固然是一種愛心，但有時對一些富有的人來說只是一種施捨，將他九牛的一毛拿出來而已。可是節省自己的飲食，餓一頓或餓一天，將那些錢拿來幫助別人時，就不同了。由於節制與飢餓你會有感同身受的經驗，這樣的幫助就不只是施捨，而是同情、同感的愛。

我們為救助別人而禁食、守齋，不應該大肆宣揚，而應默默行事，捐錢多的人更不應該被表揚褒獎，因為這樣易陷他於虛榮、驕傲的誘惑，為求自己的光榮，而不是別人的好處而捐獻。

以前的人多為宗教原因吃齋吃素，不吃肉、不殺生，這是佛教的戒律，是出於慈悲憐憫。修行素食者即韭、蔥、蒜、蕎、洋蔥都不吃，是因為這些食物刺激情緒，引起慾念，有礙修行。瑜伽修行者更認為香菇是在腐敗環境中孳生的食物，屬惰性，影響健康。

大多數人認為動物畜牲，生來就是給人吃的，雖然看到被殺的動物血淋淋的樣子，也無動於衷，以為理所當然，尤以西方人如此，所以我們常以未開化、茹毛飲血來形容他們。

也有些人為還願而吃素，因為他們相信吃素可以使祈願成功，或者以吃素作為願成的條件，倒不是他們真誠願意吃素，只要願還了之後，照樣繼續吃葷。

斷食，以前很少人知道，也沒有人談起。一般觀念上認為一天吃三餐是天經地義的事，不吃怎麼可以，不吃會肚子餓、手腳無力，哪來力量？這是以前的人貧窮，飢餓沒得吃的經驗。現在工商社會很多上班族工作忙，常常早餐不吃，中餐也沒有時間吃，但是這不能算斷食。

斷食應該是主動的、積極的，在印度瑜伽修行者中斷食是健康、修行的重要方法，而且是經常定期做的。佛教也有斷食的做法，最起碼的就是「過午不食」，每天都有十多個鐘頭的斷食。回教在齋戒期也有日出後不食的規定。耶穌在出外傳教之前，禁食了四十天，有人說四十天斷食大概是人類的極限。

節食

節食、素食、斷食除了以上的作用外，在今日的世界還有一些新的意義——為新人道主義者、新時代倡行者、環境保護者、推行綠色生活者、有地球村觀念者，不只是一種單獨的行為，而且可以說是生命哲學的一部分。

節食是節制飲食，不只是短暫的一天二天的事，而應變成一種生活的態度，是人一生遵循的目標。在今日物慾橫流、貪得無厭的社會裡，不隨波逐流、同流合汙已是難得，能產生抗衡的力量、糾正的力量，就更不容易了，我們可以想出很多辦法、制度來改善這個社會，但如果不從自身生活作起，所有的辦法與制度都會不夠徹底，都會無效。比如要淨化社會的貪汙風氣，立了很多法律，訂了很多處罰的方法等，還是不夠的。如果制定法律的官員、委員、執行法律的法官、警察，在生活中仍有放縱自己慾望、貪念的情形時，這樣他們所定法律的精神、執行法律的態度都會不夠徹底、堅持、公正，除非他們平時在生活中都能各方節制，尤其從飲食開始，以至住、衣、行、言語、思想等，都能節制了貪與慾的念頭，這樣法律才會有效。再上行下效，推而廣之，及至一般老百姓，貪汙之風才會徹底消除。

這當然不是一件容易的事，但為改變社會風氣解決社會問題，都應由各方節制開始，這才是根本之道。不只是個人如此，整個社會的發展、經濟制度、國家政策都應如此。國家不應無限制的鼓勵生產，無限量的進口糧食，以鼓勵大量飲食的消費。

為解決全球飢荒問題也應該由節食開始。如果富有的國家、富裕的人民能節制飲食，並把節省下來的食物送給貧窮的國家，世界飢荒問題就會慢慢解決。美國人有二億，只要每人節省百分之十的糧就可以供應二千萬人使用；美國人吃的多是高熱量、高能源消耗的食物，如肉類、乳品，這些食物還可以換成很多倍（五倍以上）的穀類，於是就有一億以上的人可免於飢餓，不致死亡，美國人少吃百分之十的肉類，對他們其實沒有壞處反而有好處，不致罹患那麼多的疾病，花那麼多的醫藥費，而這對非洲的人民卻是一項福音。同樣的算法，如果用在台灣二千萬人，就可以救活至少一千萬的非洲難民了！

人吃得愈多，拉的大便就會愈多；吃得愈少，拉得愈少；不吃就沒得拉不必拉，一個人大概吃到五至七分飽就有足夠的營養，吃得太多拉得太多，過了量就是浪費。吃得多需要休息睡眠的時間也多，在時間上也是浪費。吃得少睡眠時間也相對的少，就有更多一些時間做更有意義的事，完全不吃時，身體就完全的休息，所有時間都可以用來靜思與靈修了。

素食

素食是只吃蔬菜、水果、五穀，不吃魚肉，現在有愈來愈多的人吃素，不是因為信佛教不殺生的緣故，而是為了自己的健康。不吃肉就可避免吸收太多蛋白質、脂肪、膽固醇等會引起血管硬化堵塞、高血壓、心臟病、糖尿病、各種癌症等現代病。現在的雞、牛、豬等的養殖都採工業化經營方式，環境狹小、生產量大，在飼料中加入了各式各樣的化學藥品，如賀爾蒙、生長激素、食慾促進劑、抗生素、鎮靜劑、除蟲劑等，動物吃的草料中還含有除草劑、殺蟲劑等殘餘物，這麼多的東西都是「毒藥」！它們留存在肉、乳品及蛋裡。動物被殺的剎那，因為驚懼，體內自然會分泌出一些毒素來。我們吃肉、乳品、蛋就把這些毒藥毒素全都吃進肚子裡了。

飼養動物來吃其實是不經濟不合理的行為，動物需要吃好幾倍（七至十六倍）的五穀豆類飼料，才會生長出一倍的肉，但營養價值並沒有同等的高，這些好幾倍的穀豆就是糧食，可以養活好幾倍的人，而且養動物也種五穀需要更多的水，又產生更多的汙染物糞便，汙染環境，為供應大量的肉類給世界各高消費的地區，以前的牧場已不敷應付，於是有跨國公司到尚未開發的國家去發展，未開發國家有廣大的森林地，他們為了賺取外匯養活人民，於是就讓大片大片的熱帶雨林、原始森林被砍伐掉，開闢成牧場、農場，養牛養羊，種豆種穀，森林快速減少、消滅，於是明顯的改變了氣候，原本雨量豐沛的地方變成乾旱，乾旱的地方一下子成了澤國，低窪的地方常常遭到洪水氾濫之災。所以吃肉是世界糧食不足的原因之一，它浪費糧食、浪費水資源、汙染環境、破壞生態平衡、改變氣候，相反的吃素即可節省大量糧食、解決飢災、節省用水、保護生態環境，因此有人又稱不吃牛豬雞肉為「環保素」。

素食其實是人的天性，原始本能，因為人體結構中牙齒、胃、腸都是接近草食動物如牛、羊的結構，牙齒鈍、胃酸弱、腸子長；而不像肉食動物獅子老虎的牙齒銳利、胃酸特強、腸子短，消化力強，排泄快，肉類進到人的肚裡就開始變壞，經過長時間通過腸子，就更加腐敗，衍生細菌，肉裡的各種毒素也在通過胃腸的過程中被吸收，留存在體內，素食即多纖維質，經過腸子還會有清除腸壁的附著物如脂肪、細菌等的作用，使腸子清潔，吸收功能增加，又可幫助排泄順利，而不會產生便祕及胃腸的各種疾病。

大多數人都習而不察的被所謂營養學誤導到一條錯誤的飲食路線上去，當然不一定是營養學本身的錯，因為它也受到肉類乳品業者廣告的影響，一般人認為人需要的營養有蛋白質、脂肪、澱粉、醣……，食物即有肉類、魚類、穀類、豆類、蔬菜、水果，常識教科書教導我們魚、肉、蛋、奶是最重要的營養來源，是高級的食物，其實人需要的營養不一定要由魚肉蛋奶裡得到，由穀豆果菜裡也會有足夠的供給，只要我們去問一問真正、公正的營養專家，就可獲得正確的營養比較數據。

此外很多人也以為需要蛋白質就要吃蛋、喝奶，需要脂肪就要吃肉，或者像中國人有吃腦補腦、吃腳補腳的觀念。這不一定是錯誤，卻是因為我們從小慣壞了，以直接吸收的方式來獲得這些東西，像嬰兒吃奶一樣，可是人長大之後和其他動物一樣都有轉化的能力，吃的東西可以被轉化成我們身體的一部分，牛羊吃草，草裡沒有蛋白質、脂肪，但草經過牛羊的胃腸消化、轉化就成了牠們身上的骨骼、肌肉，人雖然不像牛羊的轉化功能那麼大，但也有相當的轉化功能，也可以只吃蔬菜、水果、五穀、豆子就能變成骨骼、肌肉等。

人如果習慣了直接吸取的飲食方式，轉化能力就會退化，病弱的時候，就要靠吃藥丸以得到維生素，靠打點滴補充營養。一旦沒有藥丸、沒有針液，他就會缺乏營養，何其可悲呢！不靠直接攝取營養，最明顯，又最具說服力的例子就是貓熊，牠的食物只是竹子，營養學上竹子是完全沒有營養的，只有纖維質及水分，但貓熊只吃竹子，卻又肥又壯又可愛，人也有類似的例子，出家人長年吃素，不見得不夠營養，他們又勞作又修行，更有練就很好武功的。我認識過一些人，他們也是長久素食，他們的孩子在母胎中就吃素，長大後又健康又活潑，所以人其實可以吃很簡單的食物就能達到生存、健康、快樂的目的。

除了那些在沒有蔬菜、水果地區的人外，人之所以吃肉不是基於需要，而是一種慾念的結果，肉的味道濃烈、刺激，大家叫它「香」，為滿足這追求刺激的慾望，人才吃肉的，追求刺激的人常常會不考慮結果，而且會找很多藉口來支持自己的行為，以致在不知不覺中殺死其他動物，殘害自己的身體，浪費食物資源，汙染、破壞萬物賴以共同生存的環境，甚至對別人的死活漠不關心。

斷食

斷食有很多不同的目的，不同的目的就有不同的方法與過程，在這裡要談的是目的，方法與過程比較次要，斷食有為了健康，有為了治病，有為了提高記憶精神，有為了修練心靈，也有為了爭取權益。

正常健康的斷食，就是使身體每隔一段時間完全休息，不只四肢軀體休息，連胃腸也徹底休息。不必為消化食物而工作，而且還能排除、清理體內積存過剩的營養物、脂肪，甚至毒素，因此正常的斷食之後會感到輕鬆愉快。為治病的斷食是最近流行的自然療法的一種，看病情的深淺輕重，需要斷食的時間就分長短以配合，主要是使體內的細菌、腐敗組織、毒素等排出，病就自然不藥而癒，這種方法是由自然動物身上學到的，我們只要用心觀察各種動物，就會發覺，當牠們生病時，常常就不食不動，一兩天就會好了。人的很多小毛病經一兩天的斷食也會很快的痊癒，這是自然治療的方法。有一些現代病，中西醫都束手無策時，斷食療法卻奏奇效。

人吃喝太多容易昏昏沉沉，血液都跑到胃裡，頭腦就不夠清醒；年紀大了，組織退化，記憶力也會衰退，斷食可以促進新陳代謝，頭腦、精神都會再次靈光。修行的人都會斷食，斷食時就不必花時間去準備吃的，不必吃就有更多時間，更能集中，心靈更易清明、提升，靜坐祈禱就會有加倍的效果。斷了食，也就是斷了食的慾，斷了口腹之慾，無慾即剛，就是修為的法門。

斷食又叫絕食、禁食，它還是一種力量的來源，是精神的力量，集體進行時力量更大。絕食抗議常可以使法令更改、政策變更、政權動搖，這種力量使用得最有效的當屬印度聖雄甘地，他的絕食最後趕走了英國殖民主義政府。禁食禱告就更有力量，還可以移山倒海驅魔治病，在聖經裡耶穌就如此說過：「你們只要信德夠大，加上祈禱和禁食，就能叫山投到海裡，將惡魔從病人身上趕走。」不過有這樣大信德的人非常少，耶穌常常禁食祈禱，所以祂有驅魔治病的能力，使相信祂的人都能治癒得救。

食出慈悲

節食、素食、斷食實在是一條健康之道、修行之道、解脫得救之道。它不是不食人間煙火，不必到深山川裡才能修的道。節食、素食、斷食不單可以增進健康、治療疾病、提升心靈、保護環境、幫助別人，還會使人變化氣質，產生慈悲心，改變因襲的價值觀、人生觀、世界觀，甚至宇宙觀都會開闊。節食、素食、斷食需要出自愛心和心甘情願，因此而得到自由、快樂，是積極的。由改變自己的外在開始，到關懷幫助別人，最後又回到自己內在的改變，節食、素食、斷食只是一個開端，要達到各種變化的真微，還需要持續有恆心，最後是整個生活的變化、人格的變化。

生活環保

來鹽寮體驗生活的人在吃飯的時候，
我常常會提醒他們
舀湯夾菜要注意「最後一滴」，
不要滴到餐桌上，以免弄髒餐桌。
以前我認為這雖是生活的小事，
卻是環保的第一課；
最近我還想到
這也是人生最重要的一課。

環保由廚房開始

環境保護、生態維護雖然是大問題，甚至是世界性的大問題，但很多人都有無力感，不知道應該做些什麼，可以做些什麼，尤其是家庭主婦們，以為在家裡對環保這個大問題幫不上忙，就算願意配合環保單位做垃圾分類，將可燃與不可燃的分開，但是最後還是被清潔隊混倒在一起，於是大家都有無所適從或被騙的感覺。可是，環保還是可以由個人，甚至由廚房開始。

我住在鹽寮海邊，每天要在廚房準備三餐，慢慢領悟到環保實在應該由廚房開始。

首先我不買罐頭食物、汽水飲料，也不歡迎客人帶來，我避免了很多瓶瓶罐罐的垃圾。出外購物一定準備袋子，就不會帶回一大堆塑膠袋，變成垃圾，包了又包的東西我是絕不買的，有些塑膠袋也重複使用，使它的壽命延長，不致只用一次就丟棄。

廢紙可以起火，果皮可以堆肥，都不會造成垃圾，所以垃圾差不多是沒有的。沒有垃圾只是環保的一部分，避免汙染破壞也同樣重要，現在有很多環境生態的汙染破壞實在是由我們平常不注意的生活習慣「培養」出來的。

一般人在廚房燒菜，加油加醬的時候，拿起瓶子就倒，倒完了，瓶子就往爐邊桌上一放，那些油醬就會沿著瓶口往下流，於是瓶底髒了，桌上也髒了。瓶子被移動，移到哪裡就弄髒哪裡，桌上的油印醬印又會將其他盤碗弄髒，這連鎖反應就使到處都被汙染了，最後到處都要擦拭，擦拭後的布又要洗滌，增加很多工作，如果不馬上擦拭，就成了汙漬，以後就更難清理。一般人的觀念是弄髒了，擦一擦就好了。

這雖然是小事，如果「弄髒了，最多是擦一擦」變成了習慣，到了大的事情上，環境的汙染上，就不是那麼容易「擦」的了，就算能「擦」也需要付出很大的代價，就像很多河川弄髒了就不容易擦洗，要使它回復乾淨，需要付出非常大的代價。今天的淡水河、基隆河就是這個樣子。

所以我們今後的環保行動要由在廚房的習慣改變開始，倒油倒醬避免汙染瓶子桌子，可以用鏟子湯匙接住瓶口才倒。另外，洗碗盤要先將油膩沖掉，不要將所有碗盤一起浸到水盆裡，油膩會使整盆水都汙染，也汙染了別的比較乾淨的東西，增加清洗的困難。

我不知道這樣說有沒有人認為是多餘的，不過我相信，環保可以由小的生活習慣改變開始。

——八十一．四．廿四　自立早報

不要把它當垃圾

一般人通常都把不要的東西，沒有用的東西當垃圾丟掉。小孩子吃完糖果，包裝紙就隨便的扔；學生將寫過一兩個字的紙揉成一團，就往字紙簍一丟；吸菸的人將菸屁股隨手一彈；開汽車的人把窗子搖下，瓶罐塑膠袋就往車外一拋；過年前家家戶戶大掃除，台北街頭到處可以看見很多很好的家具，棄置路邊……大家不但把不要的東西丟棄，而且是隨意亂丟。

二、三十年前，甚至現在大陸的很多地方，一個塑膠袋、一個餅乾盒，人們都把它當寶的收藏起來，一用再用，或者裝存一些珍貴的東西。現在這些瓶罐包裝材料都好像不值一文的被拋棄，是它真的不值一文呢？還是我們已有錢到不在乎這些東西了？肯定是後者，是我們已有錢到不在乎不珍惜它們了。有錢絕對有個壞處，就是容易變成糟蹋、浪費、製造垃圾、汙染、公害。

要避免我們將來反被垃圾所掩埋，被各種汙染、公害所包圍，以致難以生存下去，不是只有環保立法、抗議就有效的，一定要由每個人的觀念態度改變開始，重建以前惜福惜物的良好傳統觀念。

「不要的東西就丟掉」這種心態非常要不得。每當我們有些東西不要不用時，要想想，這些東西我現在不要，是否將來需要？我不用，是否別人可用？有一天，可能是不久的將來，我們地球資源枯竭的時候，所有的東西都會變成非常珍貴。我們在台灣有八百億美元外匯存底，但很多國家卻有數百億的外債，有數億人民飢餓。除非你是一個純物質消費主義的動物而無動於衷，不然怎麼可以隨便浪費汙染，將東西隨意丟掉？

我們對待任何東西都不要一下子就把它當垃圾，把它降價到無用的廢物。其實它不是垃圾不是廢物，只要多想一想，它是不是有比變成垃圾廢物更高的價值？一張紙寫了一面，只要反過來寫，它仍然是一張紙；紙兩面都寫了，它仍然可以回收製造再生紙；紙髒了殘了還可以用來生火，回收能源。這不是比把它與其他東西混在一起變成垃圾更有價值嗎？有了這種惜物惜福的觀念，我們對人也就不再會如此殘忍：學生智力差些就把他歸到放牛班；嬰兒不受歡迎，是社會的累贅就將他墮胎去掉。

在瑞士，人們對待垃圾有所謂三步曲：第一步是避免製造垃圾，不使用容易製造垃圾的產品，如多餘包裝，上街自備購物袋等。第二步是垃圾分類、資源回收，不可避免的垃圾，仍不要把它當垃圾丟棄，而要分類回收，他們有很好的回收管道，把所有回收的東西製造成原料，再製產品。第三步是無害處理，不能回收再用的廢棄物，也不能隨便處置，造成二次公害，而要交到環保機構或原製造廠處理。瑞士大多數的社區鄉鎮都設有垃圾分類中心，每個家庭都將不要的東西分成十類，送到分類中心去放置，這十類是玻璃瓶、廢紙、大件家具、鐵器、鋁器、廢油、電池、輪胎、廢土磚瓦、化學藥品。其他剩下來的已經不多，菜屑果皮樹葉草碎等還可以在院子裡堆肥，當垃圾交清潔車運走的實在少之又少了。

任何東西，只要你不把它當垃圾，它就不是垃圾，而是有用的資源。

——八十一·五·十　地球村

餐桌也是環保教室

我在瑞士住了八年，雖然一直喜歡吃中國飯菜，但時常有機會與瑞士人同桌用餐。他們每家都使用桌布餐巾，不一定華麗，但都清潔，每人將盛菜餚的盤拿到自己前面，把需要分量的菜餚夾到自己的盤子裡，湯汁就不會滴到桌布上。吃的時候由裡往外或由外往裡，總是由盤邊到中間取食，盤中的食物隨時都是整整齊齊的。這種吃飯用餐的樣子經常在我的腦海裡，無形中我也養成了這種整潔的習慣。

回國多年後開始注意到環境問題，時常想起的就是瑞士的清潔，徹底的清潔，令人喜悅的清潔，沒有一點汙染，未曾有過汙染。只要有一點汙染的徵兆，就馬上找到對策。

我曾經兩次走訪歐、美、亞洲各國，觀察探討環境垃圾問題，還是覺得瑞士是世界最清潔的國家，我試著思考、分析其中原因：他們每一個國民都愛他們的國家是最主要的因素，他們貫徹而成功的教育是第二個因素。有一天我忽然想

前院午餐

到，原來他們從小就養成了良好「吃的習慣」，也是重要的因素呢！

大部分中國人的家庭吃飯，菜餚是放在桌子的中央，每人取食的時候是伸長手夾或舀到自己的碗裡，經過半個桌面的空中，湯汁碎塊容易滴落掉落在桌上，弄髒了桌面，其他盤碗在桌上移動時，底部就會沾到這些滴落在桌上的湯汁，然後又弄髒桌面的其他部分。到洗碗盤的時候，底部就要特別清洗，抹桌子的時候就需要抹得更多。收碗盤的時候大家也喜歡將碗盤疊在一起，於是碗盤乾淨的底部就被油膩湯汁弄髒，洗的時候再去加倍清洗。

抹桌子、洗碗盤是小事，最多多花幾分鐘，增加翻過來洗的動作，多費一些水，多用一些肥皂，多洗一塊抹布，再多一點麻煩……。但是如果我們注意一點，改變一點這吃的習慣，尤其是讓小孩子養成這種習慣，夾菜舀湯的時候將湯菜就碗，或將碗就湯菜，就不會滴到桌上，增加抹桌子的工作、洗抹布的工作；收拾碗盤的時候一個一個的收，一個一個的沖洗，就不會增加清洗的工作，增加使用肥皂和水，又不必多花時間，更不會使心情煩躁。

其實這些都是「小事」，好像沒有什麼大不了，但是如果這養成了習慣，變成了觀念：「髒了，最多抹一抹，洗一洗。」那麼在大事情上就會產生大的問題了。今天很多工廠老闆、企業家，以及整個社會都有「弄髒了最多清理就是」的觀念，但是空氣不能清理，河流不能清理，山嶽不能復原，海洋更不能清理……就算能清理，也難以恢復原來的面貌，要清理更是必需付出很高的社會成本，非常大的代價，是全民的代價！

我在蘆寮生活了三年多，反省到這一點，不但覺得瑞士人吃的習慣很好，佛教的寺僧也有很好的習慣和傳統。他們吃飯後，倒一些水或茶在缽裡，涮一涮，喝掉，缽就乾淨不必洗了。我吃飯盡量吃光，一粒一滴都不剩。早餐午餐的盤碗不必洗，蓋住就好，晚餐再用一次，然後清洗，整天乾乾淨淨，沒有餐桌上的汙染，心情愉快。

——八十一·五·廿八　自立早報

撿拾漂流木

環保不是工作，是生活

很多人把環保當作一件工作，所以當心情不好、懶惰，或者遇到困難，就做不好，做不下去，甚至放棄。更有甚者，把環保看做是別人的工作，那就更不會動手了。

環境保護以前從來不曾成為問題，所以沒有這麼一回事兒，也就沒有這種工作，有的只是要把環境保持整潔，室內掃地擦門窗，院子裡掃落葉，每年大掃除，是理所當然的事。今天人類「進步」，科技「發達」，製造出無數的工業產品，人的生活得到了莫大的方便，但方便之餘，用完的東西隨手丟棄，就造成了垃圾、汙染，有些甚至成為公害。因為這些工業產品都不是自然的產物，而是人工化學合成品，無法在大自然中腐化分解，所以我們要特別加以處理，環保中的垃圾分類就成了一份額外的工作。

在家庭裡要做垃圾分類，都市的家庭主婦就會說：「我哪裡有這麼多地方放這些『垃圾』呀！」學校的行政人員雖然也有些不願意，但因為是教育機構，要以身作則，示範作用，所以不得不做環保工作，當然有不少學校是自願倡導的。公司廠商因為講求效益，賺錢第一，所以做環保的少之又少，有者也把環保當作宣傳的廣告，當然也有少數真是響應環保運動的。

有不少有心人、有環保觀念的人，想在家裡、在上班工作的地方推動環保，卻常常遇到困難阻力，大家怕麻煩，不願意增加「工作」，認為這是清潔工、清潔隊、環保署的工作。所以我們的環境保護一直停留在環保署督導、環保團體呼籲的階段，而不能落實到每一個人的身上。

環境保護運動首先應該提高認識環境、愛護環境的意識，認識愛護我們共同生存生活的環境，要不然將來大家都活不下去，這樣大家才不會汙染破壞它，自然就願意愛護保護它，就會將愛護保護環境看做自己的責任，變成自己生活的一部分。就好像我們認識我們的身體，就會愛護保護我們的身體，所以保護身體的健康，就成了自己的責任，就不會把吃飯、如廁、洗澡、刷牙當作額外的工作，而自然而然的去做，每天去做。同樣的，我們愛護環境，就會願意做垃圾分類，就能把瓶、罐、塑膠、紙張、廚餘分開視為理所當然的事情。

一件事物只要我們認識它的重要性，認為它是自己的責任，就不會覺得保護愛護它的工作是額外的，而樂意去做。環保是一件新的事情，要做得好，應該把它看作是生活的一部分：不亂丟垃圾，就好像不隨地吐痰、不隨意放屁；垃圾分類回收，就好像每天都刷牙洗臉；不亂砍濫伐亂摘花木，就好像在家裡不破壞門窗亂甩杯子；檢查汽機車的排氣標準，就好像身體的健康檢查……。這樣就不會把環保看作一件工作而覺得麻煩，有困難也會想辦法去克服了。

在鹽寮淨土愛護環境、保護環境已經成為我們簡樸生活中的一部分；節慾素食，不吃垃圾食物，避免瓶罐及過份包裝，塑膠袋重複使用，紙張再生或用以生火，果皮殘葉作堆肥等，這一切都成為自然的事了。

——八十一．十．卅　台時副刊

最後一滴

來鹽寮體驗生活的人在吃飯的時候，我常常會提醒他們舀湯夾菜要注意「最後一滴」，不要滴到餐桌上，以免弄髒餐桌。

以前我認為這雖是生活的小事，卻是環保的第一課；最近我還想到這也是人生最重要的一課。

平常絕大多數的人吃飯時都會把漂亮的、完整的湯菜拿到自己碗裡，只要達到目的，就不顧其他剩下的碎片湯汁，有時留在筷子尖上、湯匙上、碗邊或盤邊的最後一滴，動一動就會滴到桌上，碗盤移動時，湯汁就會跟著擴大汙染，因此帶來一連串的擦拭、清洗的工作，增加麻煩。吃完飯，收拾的人（也可能是自己）就把碗盤中剩下的碎片湯汁倒掉，再清洗，是一種浪費。

另外，倒油倒醬大部分的人也不管倒完後留在瓶口的最後一滴，任由它沿著瓶子流下，流到瓶底，放瓶子的地方就會有一個油印醬印，瓶子再移別處，就會到處有油漬醬漬，瓶子又會惹來螞蟻蟑螂……這就是汙染的來源。

我曾想到，那些大老闆大經理吃飯夾菜大概都是如此，不管什麼最後一滴不最後一滴，因為自會有人為他收拾清理，這種觀念就是造成今日許多工廠的廢水廢氣亂倒亂放，汙染環境的原因。

所以，「最後一滴」的處理很重要，不要等它滴出流下之前，就要用筷子湯匙或什麼東西將它引到要盛裝的地方，這才不會帶來汙染及很多後續的工作。擴而大之，工廠企業也要為那些以為不重要之廢棄物的處理設想周到，不要由於不小心不經意而汙染了大家的環境。

人生也有「最後一滴」，這一滴就是人一生最後的總帳、世俗的事務、對子女的交代、為人的操守、靈魂為來生的準備。如何處理這「最後一滴」也需要反省思考，很多人不會處理人生最後的時刻，就會帶來痛苦與遺憾。

這一滴其實也不一定等到人生盡頭才來處理，而是要隨時隨地、每年每月每日的清理。每做完一件事就要清清楚楚、乾乾淨淨的結尾，不留汙點、不積爛帳、不拖泥帶水，一年有一年的總結，一月有一月的月結；每天結束，臨睡之前也需要為一天的生活反省。西方有「不要含怒到日落」，東方有「吾日三省吾身」，那就更徹底了。

現在有不少人在年紀還不是很老的時候就立下了遺囑，交代清楚後事。天主教徒、基督徒常有退省退修的靈修活動，也是反省人生何在，默想死亡，早作準備。

人不一定活到百歲，有些人年紀輕輕就走了，尤其是今日天災人禍特別多，人生的盡頭什麼時候到來沒有一個人能有把握，所以處理這「最後一滴」的心態要隨時準備好，好使人生結束時無愧無悔。因此，「最後一滴」看來好像是生活裡的小事，實在是人生的大事啊！

——八十三・二・一　台時副刊

文明的反省

我來到花蓮鹽寮海邊，

要實驗過回歸自然的生活，

起初常常想，

怎樣才算是回歸自然？

文明的選擇

很多人以為回歸自然就是過原始生活、反對文明、退步、落伍的。其實不然，回歸自然不是回到原始，也不是盲目的拒絕文明，而是經過選擇，在適度的接受文明的產物下，過自然、簡樸、環保的生活。

我來到花蓮鹽寮海邊，要實驗過回歸自然的生活，起初常常想，怎樣才算是回歸自然？住在樹上、穿獸皮蓑衣，吃野果、拉野屎等，這一定是回歸自然。但是我們的社會已發展到今天這種文明的階段，人口又這樣稠密，環境上是不大容易如此生活的。就算個人能如此生活，為要推廣回歸自然生活的精神，這樣也會使很多人卻步，反而達不到目的。所以要回歸自然，但又不是完全拒絕文明，在還能接受的程度下，過一種與都市不一樣的生活，這取捨之間就需要很多的思考。

開始的時候，什麼東西要，什麼東西不要，都經過分辨與選擇。住要房子、睡要鋪蓋、煮食要爐灶、運送要車子、照明要電燈，這是最起碼的文明需求。為考慮到安全、堅固、耐用、適度的舒適，廚房用磚砌，廁所用抽水馬桶；為更適合人性居住，房屋使用天然木材，但多是舊料；是利用海邊大量的漂流木，而節省不可再生的燃料（如瓦斯），煮飯燒水即用灶……

第一年大多是我一人生活，食物簡單，保存容易。但漸漸人多起來，食物量多了，容易腐爛，是一種浪費，所以增加了一個小冰箱，是舊的，但性能還很好，不耗電，冰箱太大容易有儲存太多食物的誘惑。

鹽寮地處偏遠，公車不多，晚上八時之後就沒有班次，有時需要運載大量客人，或者人多時需要大量採購；有時晚上急需就醫，所以就購買了一輛二手貨九人座客車。初期蓋房子，運材料發揮了很大的功能，也有一二次鄰居急診，救回了一條性命。平時一週才使用一二次，每次都要同時處理二、三件事情。汽車的使用最大的壞處就是會汙染空氣，但注意它的性能、效率，經常保養，不排放黑煙，也就能發揮它的好處而避免壞處了。鹽寮淨土歡迎人來體驗生活，聯絡是必須的，所以也有一具電話。

電視、音響、冷氣機是回歸自然生活最大的障礙。有了電視，人就易沉迷在一個接一個的電視節目裡，而忽略大自然的美景。有了音響，就不會靜聽大自然最純真的音樂，人為的音樂曲調無非是模仿大自然而成的。有了冷氣機，人就會躲在密閉循環汙濁空氣的室內，而享受不到清新的空氣，身體的抵抗力也會愈來愈差。

還有很多家電產品我們都放棄了，如電鍋、洗衣機、熱水器、微波爐……人只要多花一點勞力與時間，這些設備都沒有必要，勞力與時間正是我們擁有的。

文明的產物不是每一樣都必要的，也不是每一樣都是絕對好的，人貴在有智慧能去分辨與選擇。臨寮淨土所選擇的與都市人選擇的有很大的不同，這正是我們願意，讓來的人在這樣的環境裡反省一下，生活是不是必須依賴這些東西不可？

——八十一．八．十七　自立早報

不要上了科技的癮

「現代人上了科技的癮」這句話很多人都聽過，它的意思是：科學技術與產品使人上了癮，認為科技萬能，依賴它，非它不可，沒有它不行。

有了汽車，很多人就懶得走路，愈來愈胖；有了電視，很多人就不去戶外運動，毛病多多；有了冷氣，很多人就受不了炎熱的天氣，身子虛弱；有了微波爐，很多人就沒有耐心多等幾分鐘，心急煩躁……。有一天如果停電缺油，這些人生活就會大亂，或者不知如何是好，非常難過，甚至活不下去。

在現代都市長大的孩子們，只知道飯是從電鍋裡出來的，牛奶是從超級市場買的，喝的非要汽水不可，一天花很多時間在電動玩具、電視機、錄影帶上。有一天如果他們到了一個沒有電玩、電視、超市的地方，雖然是風景美麗的山上海邊，他們也會覺得無聊，不知道做什麼好。

很多人真的上了科技的癮，中了它的毒，被它牽著走。

人類本來有很多能力，生存的本能、生活的本能。自從科技文明發展以來很多產品代替了人的能力與智慧，人變得孱弱笨拙。愈來愈多的人不會燒飯煮菜，而被電鍋微波爐泡麵代替了；愈來愈多的人不會種菜養雞，而被農機農場農業工業化代替了；愈來愈多的人不會縫衣補釦，而被製衣廠紙衣紙褲代替了；愈來愈多的人忘記了算術加減乘除，而被電算機電腦代替了（尤其以美國人為甚）；有人說這就是進步，這就是文明啊！

其實只有少數人，極少數的人在進步，而絕大多數人反而退步。只有很少數的聰明人想出聰明的方法，生產出聰明的產品，而絕大多數的人反而變得笨了，變得無能了。這是很可怕的事。「傻瓜相機」就說出了這個真相，相機實在並不傻瓜，它有很多電子裝備，自動功能。使用的人才真是傻瓜，不需要大腦，只要手指一按。可惜有人不從這方面反省，硬說相機是傻瓜，自我安慰。

將來的世界科技產品一定愈來愈多，電腦一定愈來愈發達，少數人愈來愈聰明，多數人愈來愈笨而被科技支配，甚至被少數人操控。

今天我們的學校也只是訓練一批批很會讀書考試，但是身體心靈卻逐漸萎縮，沒有一點免疫力的未來人。為了避免這種情形發生，避免這種災難降臨，就需要重新學習回歸自然的生活，再發展每個人基本的生活本能，這些本能可以備而不用，但不能不會。對科技產品只適度節制的使用，不要過分，更不要依賴，這樣人才能重新過健康健全的生活，一旦世界有什麼大災變，就不致束手無策，坐以待斃了。

——八十一．八．廿七　自立早報

想一想再買——慎用工業產品

很多人，尤其是現代的年輕人，盲目的追求時髦進步，不是追求需要的，而是追求看見的，總之新的就是好，別人有的自己也要有。

自從工業革命以後，工業產品陸續推出，日新月異，愈來愈快，目不暇給，人還來不及仔細看看想想，它已擺在你的眼前，誘惑你，逼著你去買，於是很多人就聽任別人的廣告而購買，不管是不是真的需要真的實用。結果家裡堆得愈來愈多東西，有的甚至買回來原封未動，放了好幾年，最後因過了時而丟棄。

這就是現代典型的物質主義消費社會。有些人還大聲辯說：「不買不用這些東西，那些製造的人靠什麼吃飯？」真是謬論，他們不製造這些就不能做別的嗎？

製造商不管什麼東西，只要有人買他們就生產推廣銷售，沒有需要的，他們也會誘惑你說服你覺得需要而去買，賺錢第一，道德良心第二。他們製造銷售的東西不一定對人有益，更不考慮對環境是否有害，有時是故意的，有時是無知的。

發明家發明新產品，只要看到它的一點好處就算是成功，就要推出更輕、更軟、更堅固、更耐用、更方便、更漂亮的產品，但這些「更」卻需要付出另一種代價或是以產生另一種後果換來的，這是他們大多不考慮的。

隨便舉一個例子：「塑膠袋」，它最上面的原料是石油，經提煉、裂解、合成而製成塑膠原料，再經加工製成塑膠袋，輕便、強韌、耐用、防溼、耐酸鹼，是它的優點，它也有缺點如不耐晒、易釋出有害成分等。它還有一些潛在的缺點，在起初科學家工業家怎樣也沒有想到的，就是因為它是人工合成，不能循自然方法分解腐化，雖然強韌耐用，但丟棄之後百年不爛，因而汙染土地水質，還成為阻塞渠道，造成淹水的元兇。這是我們現在發現看見的缺點，它被堆埋在垃圾堆中，將來會產生出什麼後果，爆發出什麼危險，是我們無法預知的，好像也沒有人去研究，因為絕大多數的人都是只管現在，不管將來。

工業產品都有優點缺點，我們不要只看到優點就去用，也不必看到缺點就拒絕，先要做優缺點的比較才決定，如果優點是無法取代的，我們可以想辦法克服缺點去用它的優點；如果缺點是無法克服的，我們寧可放棄它的優點，而避免缺點的發生。當然這是見仁見智的事，但總可以有些客觀中立的機構做這類事情，比如消費者組織、環保組織等。

觀海台靜坐

回到塑膠袋這個例子，它的優點的確難以取代，有人說用紙袋代替，只是想到會腐化的問題，但紙袋需要樹木，地球上樹木已愈來愈少，樹木少會產生更嚴重的問題，所以用紙袋代替不是最理想的辦法，發明會分解的塑膠也只是頭痛醫頭的治標方法而已。目前不用塑膠好像還做不到，不過我們可以慎用，不要濫用它，就是利用它耐久的特性，多次使用，不要一次就丟棄，所以塑膠袋的製造應該加強其長久耐用的性能，其次真是用到破損不能再用時要以很好的回收系統將它還原到原料，製造次級再製品，最後即以水泥固定成為永久性的結構工程用途。當然這方面不能以經濟利益來衡量，不能沒有錢賺就不做。這應該是責任的問題，廠商有責任，政府環保機構有責任，使用者當然也有責任。有時靠廠商、靠政府都做不好時，就需要一些有環保意識的民間組織來負起這工作了。

——八十一·八·卅　自立早報

專家可靠？

我們社會上有愈來愈多所謂專家學者。什麼事都有專家，有核能專家、電腦專家、塑膠專家、營養專家、衛生專家、環保專家……學者也有同樣的多。專家是在社會上從事其專業工作，學者即在學校或研究機構裡研究。專家學者常常發表他們的經驗、思想、理論，也常常被諮詢、顧問。專家可以由一種事務鑽到另一種事務，學者也可能涉獵到其他的科別。專家學者通常會掉入太專太深的陷阱，而不廣不博，只專於他那一門的技術理論，而有欠考慮周到周延。如果只是發表意見，諮詢顧問一下，也無所謂，不傷大雅，但是一旦他當上政策的制訂者，法律的執行者，那就會有帶來很大災害的危險。

幾年前，大街小巷飲食攤販很多，衛生條件很差，傳播了人人害怕的B型肝炎，當時的衛生署就想出應付的辦法，大力推行免洗餐具——保麗龍碗盤，以為解決了問題。但是所謂免洗餐具，就是不洗餐具，用完就丟，又不會腐爛分解，因此產生了另一個大問題，餐廳、自助餐店、飲食攤每天丟棄大量的輕而體積大的垃圾，汙染環境，使得清潔隊大傷腦筋。此外，免洗餐具及衛生筷子真的就衛生了嗎？免洗餐具是發泡塑膠，製造是仿塑膠加工方法，而不是照食品加工方法，塑膠加工廠的生產環境不像食品工廠的清潔，生產出來的餐具不洗就用，是否衛生值得懷疑。

環保署也有過類似的糊塗事。住在大台北區的人印象一定深刻，有一天忽然街上到處多了一些半紅半藍的箱子，是要市民為將來的焚化爐練習垃圾分類，將垃圾分成可燃及不可燃，分別扔到紅色及藍色的半箱裡。可是一般人搞不清楚什麼是可燃什麼是不可燃，縱然分了，清潔隊還是把它全部混合倒到垃圾車裡，民眾就更不知道為什麼要分了，於是箱子裡外都成了亂七八糟的垃圾堆。

又有一天，台北市到處出現各種顏色的大鐵箱，小朋友叫它外星寶寶，分別回收鐵罐、鋁罐、塑膠瓶、玻璃瓶。可是過不了多久，因為各種不理想的因素，外星寶寶裡外周圍又變成了垃圾堆！主婦聯盟還告了環保署長一狀，說他圖利他人，花了上千萬納稅人的錢，搞成這個樣子。這種分類的大鐵箱二十年前在瑞士、德國就有，歐洲各國各有不同的式樣，瑞士有了新的設計，舊的已經淘汰，要都可能要得到，自已製造也不成問題，怎麼需要從荷蘭高價進口呢？

類似的例子不少，經濟的、工業的。前面兩個例子特別是與環保有關。專家在他的專業範圍內的確很專，解決問題的方法也知道，但是今日很多事情不是只有專業知識就夠的，因為常常牽涉到很多複雜的人事物，因而需要廣闊的視野、周延的思維、徹底的考量，最重要的是「悲天憫人」的心懷。如果在產業東移、六輕、核四等事件上，有這樣的專業決策者，就已可避免台灣將來的災難。

——八十一．九．八　自立早報

快樂何需資訊？

今天是資訊爆炸的時代，也是資訊氾濫的時代，人來不及吸收這麼多的資訊。單是自己本行的資訊就來不及了，更何況有各式各樣、各門各類的資訊呢？人也不必知道那麼多資訊，因為很多資訊是無用，反而有害的。

資訊的迅速增加是在第二次世界大戰之後，人口增加快速，文盲逐漸消除，於是製造資訊的人大增；社會走向多元化，資訊種類繁多且複雜；加上電腦的發展，能處理與儲存大量資訊，因而造成今天的資訊爆炸。

每天買一大堆垃圾回家……

資訊可分成專業性與一般性，一般性中又可分與生活有關及無關的。專業性資訊也就是專業知識，是我們謀生賺錢的工具，工作的時候需要，退休之後就很少用得上了。與我們生活無關的資訊可有可無，就像聯合國有多少會員國，今天有哪家銀行被搶，實在沒有必要知道。與我們生活有關的資訊是每個人都需要知道的，但又有先後緩急之分，南極上空臭氧層破了個洞就沒有台灣發現鎘米對我們來的重要，所以影響到我們生活的資訊其實是有限的。

我住海邊，不要電視、不訂報紙，很多人問我資訊從何而來。電視、報紙上的資訊絕大部分是沒有用的「資訊垃圾」，廣告只會誘惑人或騙人去購買很多不需要的東西，或者從事不正當的事情，它卻占了大部分的篇幅。社會新聞多是醜聞、罪惡或煽動性的報導，有意義的好事卻很少上報。我不是離群索居，不問世事，我當然也關心世界、社會，更關心人。一些重大事件，世界新聞都會重複出現報端，一星期到鄰居處看一次新聞也就可以了。不必每天買一大堆「垃圾」回來，再由「垃圾」中去找自己要的一點點東西，一則浪費資源，二則製造垃圾。另外，所謂「新聞」其實都是「舊聞」，實在不差那幾天，早一天知道也無法改變事故的發生。有些新聞有借鏡的作用，晚幾天也沒有關係。

世界上、社會上的問題自古至今大致相同，都是有關名利、爭逐、罪惡……只有國際問題、環境問題、人口問題才是今天新發生的問題，把握住一些原則、方向也就夠了，太詳細沒有必要，畢竟我不是新聞從業人，也不是研究歷史的。

啟發智慧的事件、行為、經驗、思想、知識之類的資訊是需要的，這些大都會被整理收集到書籍裡，而且都經過一段時間的沉澱、過濾、煉淨而成。這可以慢慢去選擇，也有人作推薦。知己好友常會告訴我，或者送我感興趣或我需要的書。看書其實不必太多，重要是能活用書裡的知識，變成了自己的智慧。我不是讀書很多的人，不過我讀過的書都能應用活用。

讀書不必自己有書

人不必擁有書本，只要擁有知識和智慧，所以讀書不必自己有書，向別人借或向圖書館借，或者多人合看一本就好了。需要放在手邊經常翻閱的書實在沒有幾本。報紙更是沒有必要每人一份，更不必一人訂好幾份。一個電視、一份報紙大家看，是最好的睦鄰方法。

在都市因為大家富裕，什麼東西都要家裡擁有，連百科全書都自己有一套，真的不出門能知天下事。但是住公寓，可以不必認識鄰居張三李四，街上的人也視同陌路，就是如此，才使人與人之間的疏離感愈來愈嚴重。

人生存生活需要資訊知識，但更需要智慧。希望先哲有很高的智慧。所以能影響西方人的思想；孔子有很高的智慧，所以被尊為萬世師表。我們今日二十世紀的人大多比希臘先哲和孔子的知識多，我們知道地球是圓的，我們知道電腦，我們更知道ＭＴＶ，但是我們的智慧並不比他們高。

人生的快樂不是靠資訊。現代人的資訊比一、二千年前的人多出不知多少，但我們的快樂比他們多嗎？絕對沒有。城市人比鄉下人的資訊多，城市人就更快樂嗎？不見得。以前的人有快樂的，也有不快樂的，今天的人一樣有這現象，所以資訊不是使人快樂的主要因素，資訊為這目的就不是那麼重要了。

擇居海濱，面臨浩洋，日出月升，與大自然為伍，我覺得比住在都市時，雖天天接觸資訊大海，要快樂太多了。

你願意是個快樂的「人」，或者是個儲存很多資訊的電腦？或者是……

——八十一．十二．十九　自立早報

從心所欲——真正的自由

人從小就不斷的渴望自由、追求自由、爭取自由，可是沒有幾個人能得到真正的自由。很多人以為死了就是解脫，就可以自由，其實仍有煉獄等待著你去煉淨一生的過錯。

人一生下來就有很多限制，受肉身、精神、時間、空間的限制，沒有絕對的自由。首先是肉身的限制——我們不能像鳥一樣的飛，不能像魚一樣的游，也不能像豹一樣的跑跳；肚子餓了要吃，身體累了要睡覺；身體一年一年的長大，也一年一年的衰老、病痛，以至死亡。其次是行為受社會、道德、法律的約束——我們不能喜歡的東西就據為己有，不能想做的事就毫不考慮的去做；我們受到很多條條框框的教育，不能這樣，不能那樣……。最後是我們的精神也受到很多慾望的束縛——人花很多時間去想男女性愛的事情，尋求性的滿足；人有物質、金錢的慾望，有權力、成就的慾望等，我們的精神也受到憂慮、煩惱、恐懼等情緒的困擾。人實在是有很多的不自由。

人想盡辦法克服這些限制，脫離這些束縛，免除這些困擾，可是自古到今成功得到真正自由的人不多。孔子到了七十才能有從心所欲的自由，釋迦牟尼盡一生的參悟才得到了解脫，到達涅槃；耶穌基督是天主之子，降生下來就有絕對的自由。但是有幾個人能像他們，又有幾個人能學到他們？

我們雖然不可能絕對免除受造物的限制，但是至少可以往這方面去努力修練。

鹽寮依山傍海，先天有了自由的環境，沒有都市擁擠的限制，任你看山望海，登山戲水，住簡單的房屋，不會受建築法規，也不會受都市計畫的管制，愛怎樣建，就怎樣建，可以自由設計。

鹽寮村人跡稀少，不必要有人與人之間的禮俗客套、規矩習慣、人情關係。穿著只有方便舒適是唯一的目的，領帶、化妝、首飾、名牌……都是絕對的多餘。很多人早上起來第一件煩惱的事就是今天穿什麼衣服。住在海邊，的確簡單方便，晚上穿什麼，白天就穿什麼，起來不必更衣就可以幹活，衣服髒了就換，溼了就洗，只要有二三件換洗的衣服就夠了，省卻了每天的煩惱。

住在海邊，天天對著大海，我也由每天梳頭髮剃鬍子的壓力下解放了出來。剃鬍子的確是一種壓力，以前上班每天早上都要剃鬍子，哪天忘記了剃，一天都會不自在。我就曾在夢中因上班忘記了刮鬍子而驚醒。因為不需要梳頭剃鬍子，所以梳子、刮鬍刀、鏡子都可以免了。

有不少朋友第一眼見到我就問從什麼時候開始留鬍子？我說並非要留鬍子，只是不剃而已。人從什麼時候開始剃鬍子，我沒有考究過，但一定不會太遠，中國清朝的人都是長髮長鬚的，歐美的人剪髮剃鬍也沒多久，以前的人比現在的人自由多了。

這裡的生活是日出而作日入而息，可以減少了人為時間的限制，大自然有自己的時間，萬物隨著太陽而運作，但人設計了時鐘，從此就受到時鐘的限制，幾點上班、幾點下班、幾點睡覺、幾點起床，都規定得好好的，很難逾越；七點半趕公車，三點半趕銀行，八點半趕約會……人被時鐘趕到喘不過氣來。來到鹽寮為了免除這種時間的限制，手錶不用了。朋友來到也勸他將手錶收起來，看陽光而不必看手錶，一天的作息依照大概的時間就可以了，唯一要把握正確的是離開時坐公車火車的時間。不看手錶有很多人覺得不習慣，沒有時間的壓力就覺得自由多了。

在這裡過簡樸的生活，一切設備從簡，沒有電視、音響、錄影機、電腦、電鍋、微波爐、洗衣機以及各種小家電，所有用具器皿都是粗糙原樸的，不必擔心損壞、被偷。沒有電視更可享有絕對看新聞的自由和不看新聞的自由，不受電視粗製濫造節目汙染的自由。沒有了這些物慾的羈絆，心靈就更覺得豁達了。食的方面我們願意盡量節制、素食，人愈能素食淡食，受食慾的誘惑就愈小，影響所至，肉體的慾望也愈低，因此素食可以幫助我們精神心靈的自由、提升、超脫。

每天勞動工作、運動體操，因此身體健康、心情愉快，可以免除很多憂慮煩惱。選擇有益心靈的好書閱讀，增加知識與智慧，免於無聊無知的徬徨痛苦。這裡有山有海，在廣闊的大自然中做瑜伽、靜坐、祈禱、詠唱，使人更易達到真正解脫、自由、馳騁萬里、天地人合一的境界。

——八十．十二．十六　自立副刊

由簡樸到和平

五年前我搬到花蓮鹽寮海邊住，
開始一種回歸自然的生活。
但常常反省究竟什麼是回歸自然呢？
它的內容又是什麼？怎樣回歸呢？
什麼事物是回歸自然？
什麼不是或違反自然呢？
為什麼要回歸自然？
反省多了慢慢就找到一套
回歸自然生活的原則。

回歸自然

五年前我搬到花蓮鹽寮海邊住，開始一種回歸自然的生活。但常常反省究竟什麼是回歸自然呢？它的內容又是什麼？怎樣回歸呢？什麼事物是回歸自然？什麼不是或違反自然呢？為什麼要回歸自然？反省多了慢慢就找到一套回歸自然生活的原則。

自然是人類文明出現之前地球的狀態，人也是自然的一部分。後來，人類才創造出文明來，地球上自從有了人類就開始文明的歷史。

回歸就是回頭，由不自然回歸向自然。為現代人來說，不自然的生活是文明、都市、科技、工業，這樣的所謂現代生活使人遠離大自然，失去自然，甚至破壞汙染了自然。現代人已難以回到絕對的自然，只能盡力回歸向自然而已。

文明是野蠻、原始的相反，人類由野蠻原始進步而走向文明，但愈文明同時就愈遠離自然。人口集中、建築密集、社會複雜、生活空間狹窄等；而成為都市，是人類文明的象徵之一。但這樣的都市化之後，自然的東西就少了，在都市中花草樹木被房屋代替了，河川田野被道路橋樑遮蓋，山林太陽被高樓大廈阻擋住，空氣汙濁、水不清澈、日光減少，難得而稀有的花草樹木也蒙塵了，人與人之間隔閡、疏離、猜忌、競爭代替了親切、熱誠、信任、互助、相愛，這些都是違反自然的。

科技、工業也是人類文明的象徵，它製造出很多人造的東西來，但這些東西不是自然的，不能回歸到自然的循環系統中。人、動物、植物、礦物本是大自然的受造物，人與動物的排泄物及死後的屍體會被細菌分解腐化而回歸到自然泥土裡，植物的落葉枯枝也會腐爛而回歸到自然，成為養分，再被其他植物吸收；礦物也會氧化風化，由大而小變成沙塵回歸自然。可是科技工業的產品即改變或阻礙了這自然的現象。

人類文明發展雖然不是自然的，但以前的一些文明產物還能與自然和諧共存，仍然在自然的循環平衡系統裡運轉，一百年前所有的科技工業產品都是以自然原料製造，用石頭木材竹子蓋房子、做器皿、工具、用具；用植物動物的纖維毛髮紡織做衣裳，而這些東西殘破不堪再用時，可以自然分解腐化的方式回到自然循環系統裡。但自從工業革命，合成技術發展之後，人把自然的東西在短時間內改質、濃縮、熔解、聚合，很快得到很多人造的、合成的用品，如各種金屬製品、人造纖維、合成塑料等。這些產品的確比以前用自然的材料製造的產品方便的多、耐用的多，但是這些東西仍然是會殘破的。人將它們丟棄之後，它們不能依自然方式分解，回到循環系統裡，成為長久的、甚至永久的廢棄物，而汙染破壞自然，成為自然的病因；人是自然的一部分，因此它也成為人的病因。人必須依賴自然而生活生存，自然病了，人也病了，要恢復健康的環境，甚至人類生存的環境都成了問題，所以生存的本能也間接受到影響。

今天由於科技文明愈來愈快、愈來愈進步，人類離大自然也愈來愈遠，自然被破壞汙染也愈來愈嚴重，人類如果希望繼續生存生活下去，就必須急速回頭，回歸自然。

回歸自然是一個方向，不是回到野蠻原始的時代，不必放棄所有人類文明的努力，有人認為應該繼續發展科技工業，有更好更有效的科技以解決現在已產生的汙染與破壞，好像會有一種特效藥，一針或一刀就可以醫好這些癌症；就算有，這也只是治標的方法，人體或地球已不再是完好如初了。所以要醫治人體和地球的病症，須循根本之道，就是回歸自然。

回歸自然就要過簡樸的生活，簡樸生活是回歸自然必經之路。簡樸生活是節制與放棄的生活，在食衣住行育樂各方面均節制，不放縱、不浪費、盡可能的放棄生活上各種方便與舒適，以盡量減少降低避免大自然被汙染破壞。當然這沒有一定的標準，這是大家共同努力的方向，科技工業產品用愈少愈好，尤其是明顯知道會汙染破壞自然的，如殺蟲劑、農藥、化肥、化學清潔劑、化學產品、塑膠產品、汽車等，能不用的即不用，能不買的即不買，就如很多只為美觀的包裝品，只為一時方便的電器產品；能不吃即不吃，能不穿即不穿，如只貪口腹之慾的山珍海味、瀕臨絕種的動物之肉食及毛皮；不要發展太快消耗太多非再生能源，同時有潛在且巨大危險性的工業，如火力發電、核能發電、石化工業、武器工業等，不得不用或已普遍使用的人造東西，即要付出代價，而不是計較經濟利益，將它回收再用或再生製造，也用人為的方法使它們回到物質循環的系統裡。這當然會帶來一些不便與麻煩，但這些不便與麻煩原是由我們自己製造出來的。

最後不是所有有錢賺的事都去做，都去發展，個人應有此修養，國家政策制訂者更應該有此認識。今天我們的社會百病叢生，脫序混亂，就是因為政府有太多政策使人民太過集中都市，而且政府及政府所縱容的人民賺取了太多不正當的錢而來。如果一件事不能與我們，及我們的後代子孫生活生存的環境和諧共存，寧可放棄，不貪一時之便，不爭一時之利。我們的生活盡量就地取材，不捨近求遠，不刻意追求，那就不需要那麼多的貿易、交通、工業發展……。

這些原則除了以我們共同生存的環境大自然為依歸外，也是我們在現世修行的最高原則。這可能減少很多物質的享受，但會獲得更多精神的快樂和自由。這種回歸自然的生活是身心靈的合一，也是天地人的合一。

——八十三．四．廿六　台時副刊

你愛這片土地多少？

在物質主義、功利主義的社會裡，大多數人們只知剝削大自然以得到自己的利益，很多時候在有意無意的情況下破壞了大自然，其實不知不覺中也在破壞了自己生存生活居住的環境，因而造成了今天無法復原的汙染與破壞，以及產生不只傷害到大地，也傷害到人類自己的毒素。但這些人，特別是政策制訂的當權者，在物質主義、功利主義的心態下，美其名是經濟發展，其實是故意忽視這些現象，或者容忍它的存在，除非這些人改變這種心態，否則我們生存生活居住的環境是無法改善的。這心態的改變，就是要由利用自然征服自然的態度，轉變為愛護自然，與自然共存共融的態度。

台灣利用這塊土地得到自己利益的人太多了，而且占大多數，尤其是聚居大都市工作的人及工商企業界。由鄉村跑到都市、工業區工作的人只為了賺錢，不得不住在都市，他們可以忍受都市生活空間的狹窄、環境的敗壞，而不積極改善；願意付出一分努力，也不挺身起來抗爭，因為他們一有假期就可以回到較為寬闊清靜的家鄉，從來沒有聽說過台北人為抗議環境汙染而走上街頭遊行示威的；倒是鹿港、貢寮的民眾誓死反對那些有害無益的汙染入侵。都市的垃圾、空氣汙染、交通混亂等，住在都市的人都能過一天算一天的忍受。工商企業人更能忍受因他們榨取利益而破壞汙染了的惡劣環境，他們有足夠的財力為自己圍築一個較為滿意的居住城堡，一旦他們對這一切到了忍無可忍的時候，他們還有能力一走了之，移民到國外去，繼續投資，賺他們的錢。

近年來，台灣的人民生活水準、環保意識都提高了，不歡迎有汙染性的工業到自己家鄉來，更不會再受到政客企業界以「帶來繁榮、提高就業機會」等神話所迷惑。他們要求的是一個純樸、寧靜、清潔的家園，所以很多大企業已不再能用以前的那一套說詞得逞——就是只顧賺錢，而將汙染成本留給當地居民及環境，以健康甚至生命長期去償付對自然的債務。

工商企業界說，現在台灣投資環境不好了，成本太高了，因而大量往外國出走，其實就是將汙染與公害搬到外國去，將社會環境成本嫁禍到外國。這些外國如果是比較落後的第三世界國家，他們為了吃飯餬口，要經濟工業發展，只好忍氣吞聲的接受，或者為了肚子賠上健康，或者像台灣以前一樣只看到美麗的遠景而茫然無知。但是，這些外國如果是有環境保護基礎的先進國家，就不會這麼容

大地棋盤

易受騙，雖然有些政府被那套漂亮的投資計劃所蒙蔽，但長久下來人民的眼睛還是雪亮的，會看得出來的。

很多大企業在台灣土地上賺了上億台幣，甚至百億千億，我就沒有聽說過，那個大企業願意由他們這些年來賺到的大把鈔票中，拿一些出來改善當地已汙染到面目全非的環境，如果他們說願意把根留在台灣，那有誰會相信？其實這不是一天所造成。四十多年前國民政府退守台灣，但時時準備返回大陸，一走了之才是這種心態的根由。

要改善大地環境，首先要使人們瞭解，人對土地要認同，只有權利好好管理及善加利用，並有義務愛護照顧，而沒有權剝削、破壞、汙染。為改善大地環境，如果對她沒有一份愛意，一切辦法都是枉然，一切法律、技術、運動都只是表面功夫。要愛護大地環境就先要接觸她，感覺欣賞她的美好。

在鹽寮淨土有很多機會讓人接觸、感覺和欣賞大地環境的美好；此處背靠月眉山，面對太平洋，山的嫵媚有蟲鳴鳥唱，海的壯闊有浪濤滾石，都能使人神往，海邊有七彩晶瑩的美石、奇形怪狀的雅木，令人愛不釋手；淨土本身有堅穩的巨石、活潑的樹叢、柔媚的溪澗、如茵的碧草，和精心設計的小木屋，自然而舒暢，養氣又怡神。

每天的勞動工作更能增加人與大地的接觸：海邊撿拾木柴，扛回來之後再鋸短、劈開、晒乾、疊放，生火使用；到泉水去洗衣洗澡、提水燒飯；下雨的時候接雨水沖廁所；墾地、拔草、翻土、種菜，都可以直接觸摸到大地泥土，你自然更覺得與大地接近、親切、息息相關，因而更易產生愛護這片土地的情懷。

曾經有一位年輕女士來鹽寮淨土住了十天，每天都勞動工作，撿柴燒飯，也靜坐反省。有一天她和其他的人一起開墾一塊地種菜，她在鋤地、翻土、拔草、撒種、澆水的過程中感動得熱淚直流。後來在晚上分享時她說：她一生中從沒有如此親近接觸撫摸過泥土，當她把泥土握在手中的時候，她想到「送你一把泥土」那首歌深長的意義，而且就在那一刻，她決定改變和先生兒子已經商量好的移民外國的計畫，而願意留在台灣，為這裡的人做更多的服務、幫助更多的人解決心理的問題。後來，她回去後就一步一步的照這決定實踐。

我曾在瑞士住過八年，後來又再去過幾次，始終覺得瑞士是清潔美麗的地方，城市、郊外、高山、河流……每一個角落，甚至是垃圾焚化爐的四周都是乾乾淨淨的，從未經歷過很多開發工業國家的汙染與髒亂，然後再回過頭來清理垃圾，清除髒亂，改善環境。

二十五年前流經瑞士最大城市蘇黎世的河流水質清澈，河邊圍了一個游泳池，可以游泳。今天那條河的河水仍然清澈，仍然可以游泳。二十年前他們就開始做垃圾分類、資源回收。玻璃瓶的回收系統現在已普及到百分九十以上的地區，甚至高山鄉村也設有回收箱。廢紙的回收在三十年前就有很理想的方法。這些資源回收都是由私人機構策劃推動的，民眾也很願意配合。

瑞士老年人口比率相當高，但這些老人常扮演環境生態的守護者——好管閒事。他們常倚窗而望、觀看街景，只要看到不合理不合法的事情發生，會馬上打電話給警察來處理，例如：不守交通規則的、製造噪音的、汙染環境的……。瑞士訂定有很周延的環境保護法律，小到在自家園子裡修剪一棵樹都要申請批准，不得隨意而為；星期天假日不得洗車、修理房子，也不得丟玻璃到收集箱裡而發出噪音；我們會覺得太過瑣碎，管得太多了，但他們的人民都願意遵從合作，效果很好，有目共睹。後來我反省到實在是他們的教育成功，以及他們真正愛自己的國家土地的緣故。台灣土地面積地理形態很像瑞士，我常在想，我們什麼時候才能達到瑞士的境界？

——八十一．九．十二　台時副刊

正義、和平、環保

正義與和平是人類一直共同追求的目標，正義與和平常是共存的，有正義的社會才有和平的國家；不正義的事情，如戰爭、掠奪、剝削、壓迫等，是導致不和平的主因。近代因為工業發展，更增加了自然生態環境汙染與破壞的不正義後果，以致和平的達到更形困難。

二十世紀已接近尾聲，第三次世界大戰不可能發生了，在下一個世紀裡，威脅全世界生存及和平的最大危機將不再是世界大戰，而可能是生態危機。

在本世紀裡，世界經歷了兩次世界大戰，大家都恐懼有第三次的發生，因而盡了最大的努力謀求世界的和平。直到這世紀末的近十年，東西方解除敵對態度，進而和解、限武、裁軍，以至東歐、蘇聯放棄共產主義，世界性大戰的威脅才緩和了下來。

可是，不是沒有世界大戰就會得到世界和平，影響和平的不正義事件及現象仍不斷的發生。今天仍有不少地區性的衝突，種族、宗教、意識型態的衝突；

跨國公司的經濟侵略、資源掠奪；大財團大企業的壟斷、剝削；南北國家的物質分配不均；先進開發國家只占世界人口的百分之十，卻享用了世界資源的三分之二；各國對科學技術使用的不當，造成生化武器、生物遺傳、核能發展等潛在的危機；還有人口爆增、城市擴大、資源枯竭等問題，因而造成世界性的不安定和不安全。但是對世界和平生存造成影響還是以生態危機最為嚴重最為廣泛。

自然生態環境的汙染與破壞是全球性的，不分國界，而且常常是高度工業化國家的汙染，影響到鄰近國家甚至很遠地區的自然生態與環境，以及氣候，如核能意外半個地球都受到影響；工業廢氣造成酸雨飄到鄰國，傷害森林，或造成溫室效應，影響全球氣候，南北極冰山融化海洋升高，危及全球沿海城市及地域；使用太多氟氯碳化物，造成地球高空過濾紫外線的臭氣層破洞，有害全人類及生界的健康。跨國公司、大企業，甚至世界銀行以協助開發中國家的發展為名，而在這些國家裡進行破壞和掠奪，就如為開採礦產，建造巨型水壩發電，因而破壞森林生態、消滅物種，水壩本身也是一個潛在危險。富有國家到貧窮國家購買木材而砍伐大量森林；為飼養肉牛而將大片熱帶雨林消滅變成草原，影響氣候；或在偏遠的海洋進行核爆；或將核廢料運到落後地區丟棄。這些都是全球性或超越國家不正義的汙染和破壞行為。其他還有更多地區性環境的汙染和破壞：如海洋、河川、水源、空氣的汙染，土地、耕作的汙染，沙漠擴大、湖泊消失，垃圾、噪音等。

以上這些對人類及動植物生活所在的自然生態環境的汙染和破壞都是人的自私、慾望、貪婪之心的無限制發展所致，都是人的不正義行為的後果。人愈是因貪圖物質的享受而發展，造成了不可收拾的自然生態環境的汙染和破壞，人就愈是得不到快樂和幸福。哪一天，大自然在無法承受人類對它的汙染和破壞而反噬時，人類不單得不到和平的生活，更可能無法生存下去。

為挽救這些在下一世紀可能威脅全球生存的生態危機，聯合國最近成立了「環境與發展問題會議」，俗稱「地球高峰會議」，由三十名在任和卸任的世界領袖組成，它包括美國前總統卡特、日本前首相竹下登等。這個地球高峰會議準備在今年（一九九二）六月三日至十四日在巴西的里約熱內盧舉行，擬通過一份《地球憲章》世界環保協定，以防止地球的空氣、土地、水質和氣候繼續惡化，並保護許多有絕種之虞的動植物，使不論已開發國家或開發中國家都要在經濟發展與環境保護上找到平衡，已開發國家要節制發展，防止汙染；開發中國家即只適度發展，以免破壞環境。

世界和平是近代教宗特別關心的課題，每年元旦教宗都發出一份和平日文告。一九九〇年教宗若望保祿二世的和平文告即以自然生態環境保護為主題——「與造物主和好，與受造界共存」，呼籲所有人類，特別是政治領袖，應該共同愛護上天所賜所託的這片大地，工業國家與落後國家應該合作來挽救屬於大家的地球，所有基督徒基於對造物主的信仰，尤其對自然萬物有特殊保護的責任。

為達到真正的世界和平，尤其在將邁進廿一世紀的最後時刻，我們應該重建一個新的國際、國家、社會和個人的道德觀與價值觀。基於這種新的觀念，謀求一種與以往不同的解決之道，以排除不正義的發展，和避免汙染破壞全人類萬物賴以生存生活的自然生態環境。

在國際上要精誠合作，建立一個「地球村」的理念，基於愛德共享地球資源，分享財富，先進國家協助落後國家發展，富裕國家濟助貧窮國家的糧食與醫療；現代人得自先人的遺產而享有豐富的資源，也應節制的使用為後人留福。每個國家為人民的幸福與生活品質的提升，應全面檢討發展的政策，選擇發展的正確方向，發展應以考慮人民生存生活的環境品質為前題，以不汙染破壞生存生活環境的項目為優先。社會即加強建立新的倫理觀念，教育大眾，增進群己關係的第六倫，以及改善人與大自然和諧共存的第七倫。宗教之間以開放的心胸互相了解、尊重、交談，並在正義、環保與和平工作上合作，互相支援。個人即要改變生活態度，節制慾望，尤其節制口腹之慾，以免更多瀕臨絕種的野生動物被獵殺；降低物質的慾望，以免更多會汙染破壞環境的產品出產；不求事事方便，避免使用不受環境歡迎的產品，避免製造垃圾汙染，實行垃圾分類回收；生活上不貪不爭，回歸自然，惜物惜福，過一種自由愉快的簡樸生活。

基督徒基於信仰的啟示，尤其應自願過簡樸清貧的生活，在世界上作見證。在與人的關係上和睦相處，發揮愛德；在大自然中愛護天地萬物，不要予取予求、心存征服，而應抱持受上天之託管理大地的態度；在對上主方面常存惜福感恩之心，讚美造物之情。發揚一種新的、與天地人合一共融的生態靈修觀，這樣人類大家庭才可能走向真正和平幸福的道路。

今日已有修道團體以「正義、和平、環保」作為目標，也有在俗團體以愛護自然生態環境為靈修精神。其中最主要的是簡樸節制的精神。人在過簡樸節制生活的同時，自然就會與人和睦相處、愛護自然。人如果不是一味追求物質的享受，就不會無限制的為發展而消耗資源、破壞自然，人就會有更多的時間、精神追求靈性的生活、和平的生活，也會有更多的愛心去幫助貧窮的人，社會就會更和諧，世界就會更和平了！

——八十一·五·廿九　台時副刊

由鹽寮走向世界和平

我在鹽寮生活已經五年了，在簡樸中我愈來愈覺得自由、平安、愉快，這裡地上都長滿了青草，樹上也結滿了果實，天主眷顧了這片淨土。

雖然我不用目標、成果、效率等來評估鹽寮的功能，但是我卻常常反省鹽寮的做法對不對；雖然我沒有聽見天主在我耳邊說話，但是我感覺到祂的同在。

來鹽寮體驗的人常常會對我及這裡的生活質疑，提出很多問題，逼著我去想，也可說是對我的一種考驗，問這些問題的人中也包括最好的朋友在內。

你為什麼有這樣的想法？你為什麼會選擇這樣的生活？是怎樣的情形下放棄了以前的高薪職位、都市生活？是不是受到什麼樣的打擊？有沒有經過很大的掙扎、衝突、矛盾？怎樣會選擇這個地方？在這裡生活有沒有遇到什麼困難、挫折？會不會感到孤獨、寂寞？……你躲在這偏僻的地方不是浪費人才嗎？你教大家生火夾菜不是大材小用嗎？這種不問世事的生活不是反潮流、逃避、退步嗎？鹽寮這麼偏遠能影響社會多少？

我不打算在這裡一一回答所有的問題，當然有些是我以前就談過的，有些可以很簡單的回答「沒有」或「不會」，有些問題也可以用來問來過鹽寮的每一個人。

由垃圾談起

鹽寮淨土是要由垃圾談起的，十多年前天主教的一個小團體就開始談垃圾，記得有一次開月會之前，號稱「垃圾先生」的老道建議大家到內湖垃圾山去參觀，然後開會專題討論垃圾，後來我們由坐而言到起而行，推動垃圾分類、惜福運動。在推動了好幾年之後，大家覺得垃圾分類只是治標的方法，惜福也不是治本之道，當然垃圾分類、惜福仍是重要的，仍應該是我們生活的一部分。

我們看到亂丟垃圾固然是因為大家缺乏公德心；垃圾的產生即是因為大家愈來愈不珍惜資源、不惜福、浪費；垃圾愈來愈多即是因為工業的大量生產；不惜福、浪費、大量生產即是因為經濟發展、工業進步、社會繁榮富裕；這些發展、進步、繁榮、富裕即因為人的慾望加上政策環境的配合才有的結果，所以最後是因為人的慾望——拚命賺錢、物質享受——慾望本來是一種動力，但是沒有節制就如脫韁之馬，會帶來災難；加上國家以經濟掛帥之發展政策的放縱才導致如此局面。這種經濟發展太快了，沒有顧及到精神文明的發展，因而大家就像暴發戶的奢侈、浪費、不惜福、造成大量垃圾。所以要消滅垃圾——一是治標的從法律制度上著手，禁止亂丟、分類、回收、處理；一是治本的從惜福、不浪費、節制、過簡單生活，而自動的不製造垃圾。

要使大家自動的不製造垃圾，提高環保意識、設計環保方法固然重要，但沒有心去做是不會成功的。要有心就需要心態的改變，由功利、消費、舒適、方便、物慾的心態改變為節制、簡單、勤勞、自己動手、不厭其煩、不求時髦等的純樸心態。達到這些改變即需要教育或培養宗教情操，不過在台灣現行的教育環境、教育系統、教育機構都是升學主義在主導，只是知識的灌輸、能力的培養，無法使人有上述心態的改變。宗教更是無法與今日社會的物質主義潮流抗衡，很多信仰宗教的人也是功利的，祈求是為自己的利益、健康、財富，捐獻是為積德求報，發起什麼運動卻把它當作事業來辦。

生活體驗

經過多次的反省討論，我們認為要改變人心需要一種特別的教育方法，在生活中學習，在生活中培養宗教情操。生活教育本應該在家庭中得到，但現在台灣大多數的家庭都無法提供良好的環境，一來是父母各自忙碌沒有時間給子女，二來是父母也未必有正確的觀念，哪能引導子女們呢？根據經驗，生活體驗是一種很好的教育方法，尤其是對觀念的養成培育或轉變有很深遠的效果。所以鹽寮的開始我們就以體驗簡樸生活的方式提供一個安靜、自我反省與改變人心的機會與場所；也在寧靜的環境下、勞動工作中使人得到靈性的修練。

影響社會有很多方法：走上街頭抗議、站在立法院上抗爭、爬上高官職位發號施令制訂政策等都是方法，不過我覺得鹽寮的方法較徹底較根本，我比較喜歡這種方法，因為抗議、抗爭、立法、制度都無法叫人心改變，唯有在生活中學習、體驗才能改變人心。我們看一本書、聽一場演講、看一場電影，可能會感動不已，但過後這種感覺就會退卻減低甚至無影無蹤，更遑論有行動和實踐。但是一次深刻的體驗會影響我們的一生，價值觀、人生觀都會改變，就像我們小時候的生活、參加一次夏令營、山地服務、一次深度旅行、甚至一次戰亂、一次飢荒、一次牢獄等都會使我們整個人改變。看看老一輩的人經歷過戰爭，多麼珍惜生命、珍惜資源、不能忍受別人的浪費，因為他們曾經得來不易。

改變人心的教育

當然在鹽寮住幾天是不大夠的，但這種與現代都市截然不同的生活會使人有非常深刻的印象，我就是希望藉著這種深刻的印象和實際的體驗，像種子一樣撒在人的心裡，經感動反省而萌芽，心態有所改變，最後產生行動。人心就像田地，有好有壞，有石礫，有砂土、有沃土，各有各的造化。我看過許多來過的人，也是如此，有些無動於衷，但大多數都有很大的變化，回去之後在生活中都能實踐在這裡體驗到的一點一滴。這就是一種社會教育、生活教育的工作，這種工作需要一個良好的栽培環境，遠離都市的煩囂，遠離都市的誘惑，在簡單清靜的環境下人才容易打開心門，去感動、去反省，種子萌芽之後，回到現實生活就有機會生長。如果這幼苗在回去之後的環境不易生長，就可以再來體驗，看看別人的經驗，看看別人的努力，加點水，充點電，增加一些生長力。由體驗而內心改變進而化為行動再影響周圍的人，是一種連鎖反應，也是一種一傳十、十傳百的傳播力量，對社會的正面影響會有很大力量的。

我曾想如果我不離開以前的工作，我能做出什麼來？了不起幫助研究出一些產品，多教學生一些知識。其實也未必能研究出什麼，教出什麼來；產品與知識對人心的改變實在沒有什麼幫助，況且發明的專家、教授知識的學者，世界上多的是，台灣也多的是，就是缺少推廣簡樸生活從事人性改造的人。有人又說，你可以發明一種產品不會汙染的。一種產品不汙染有什麼用？因為有一千種一萬種產品在汙染。其實這類不會汙染的產品有的是，防止公害的方法也很多，只要看看重視環保的先進國家就知道。問題是人願不願意去做，不是有沒有這種東西，有沒有這種方法。願意做就需要有心，需要心的改變，由充滿物質慾望的心，貪求舒適方便的心，改變為節制慾望和放棄方便之簡樸的心，這是不容易的事啊！不是在研究室裡、在講台上就能做到的。

另外也有人認為我學了四年八年甚至十二年的專業知識，現在完全放棄了不是很可惜嗎？搞環保搞簡樸生活不是學非所用嗎？其實這沒有什麼大不了，學農的可以做總統，學軍事的可以當行政院長，學電機的也可以當國防部長，而且都當得不錯。人的一生都在學習，在學校裡所學的只是有限的知識，只侷限於一門科目內，而一生中在生活裡、在社會裡所學的才是全人的智慧。後來學到的比在學校學的還要多呢！

我們的社會裡現在最需要的不是新式的產品，不是高深的知識，更不是再多的財富，而是人心的改變、生活品質的提升，這不是頂重要的嗎？

由小習慣影響大觀念

來鹽寮體驗的人在每天的生活裡，我都會叮嚀提醒他們如何生火，如何用灶；不要將黑鍋放在乾淨的桌面上；炒菜如何倒油不會有油流到瓶子外，使到處有油膩汙染；如何夾菜舀湯，不要使湯汁弄髒飯桌……。這些好像是雞毛蒜皮、芝麻綠豆的小事，可是我認為今日的環境汙染與公害的產生有很大的原因，是由這些小事中的不經心、不用心、疏忽所養成的不好習慣，再形成了的錯誤觀念而來的。這些觀念就是——弄髒了擦一擦就好啦！小的事情上，廚房、餐桌上可以擦一擦，清理一下就沒事了，但是如果一個企業家大老闆有這種觀念，他的工廠裡的廢水廢氣不先預防處理而向外排放，心裡想，最多後來才清理善後或賠錢吧，這就是造成今日環境汙染公害的一種心態，這些汙染公害是不易清理善後的，要處理得付出很大的代價，看今日的河川汙染、空氣汙染，不是如此嗎？所以吃飯夾菜其實不是小事，要從小就養成良好的習慣，徹底改變觀念是很重要的。今日有幾個人還會注意這些「小節」？更何況有幾個人敢去指正別人？

愛是人類真正進步的標準

大多數的人以為經濟發展、所得增多、工業產品不斷出新等就是繁榮進步，而過簡單生活、回歸自然就是落伍退步，究竟人類真正的進步是什麼呢？人類真正的進步不應該只有經濟、科技、產品，而更重要的是精神心靈的進步和人的生活更幸福、平安、愉快。請想一想，如果你一個人坐在海邊看日出日落，或者在山林中聽蟲鳴鳥唱；而兩千年前也有一個人坐在海邊看日出日落，在山林中聽蟲鳴鳥唱，你會想到今天的你比兩千年前的人更進步嗎？論物質是的，你身上穿的可能是尼龍衣服塑膠鞋，但論精神你可能比他還差，因為海邊山中都會有垃圾汙染。

人類的進步應該看人的生活品質有沒有提升；人的社會裡是否更和諧快樂、互相關懷照顧，就是人與人之間是否有愛，愛是人類進步最後的標準。雖然人類科技文明創造了很多產品，能做以前的人從來做不到的事，但是這些產品與行為只有少數的人能享受到它的好處，卻破壞了全人類生存生活的環境，使更多的人受苦。更甚者因為爭奪這些產品資源，使人與人之間互相爭鬥殺戮，這樣的科技文明就絕不是人類進步的象徵，反而是人類自我滅亡的兇器，我們寧可放棄這些科技文明而回歸自然，大家過著簡樸和諧快樂的生活。

當然我不是完全否定了經濟科技發展對人類的貢獻，可是今後在發展經濟、科技、工業的時候必須要考慮到全體人類的幸福快樂，包括富有的人及貧窮的人，在先進國家的人及落後地區的人，現代的人及後代的人都能獲益；要考慮人

十字架——精神支柱

類物質生活的方便舒適，也要考慮人類精神生活的提升；不單考慮人類本身，也要考慮人生活其間的環境與生態，包括自然界的所有動植物、空氣、河川海岸、山嶽土壤等。

回歸自然簡樸的生活其實是希望大家放慢腳步，想一想，反省一下今天我們的發展是否走得太快，走得太偏，沒有照顧到貧窮的人、弱勢的人；沒有太考慮到生活的環境；沒有想到下一代。我們需要重新擬訂更健康、更持續、更進步的發展方案。

簡樸生活是世界和平之路

簡樸生活是世界和平之路。由武器競賽來維持和平已被證明是條行不通的路。通過談判以求和平是有條件的，所以仍然是在緊張的壓力下，有人也在推動宗教和解合一作為和平的第一步。

積極的簡樸生活是出於愛心的、自願的、快樂的，降低慾望，放棄一些舒適與方便，個人如此，國家也如此，這樣人與人之間，國家與國家之間就有更大的空間，就不再會爭奪敵對；人對自然環境也不會予取予求，掠奪破壞，因為慾望降低，需求減少，多出來的物質資源就可以拿來幫助需要的人及貧窮缺乏的國家，這樣社會自然就會更為和諧。這些都需出自「愛」，愛己愛人愛世界，唯有愛，人才會甘願過簡樸的生活，大家過簡樸生活，世界才會終於達到和平。這是一條很長很長的路，我們都未必能夠看見那一天，但是我覺得這是唯一而且對的路，就努力往這方向走去！

——八十二・十二・十三　台時副刊

快樂的簡樸生活

一個生活的態度

在這個人類文明發展到了將要邁入二十一世紀的時候，電腦的使用已普遍到每一行業、每個家庭，在台灣國民所得已超過一萬美元的富裕繁榮時代，來談簡樸生活，好像有點不識時務。但是看看我們的富裕繁榮，並沒有帶來社會的真正進步，生活品質也並沒有真正的提升。反而社會混亂、環境髒亂、生活忙亂，到處充滿著紛爭、衝突、傷害、殺戮、貪婪、浪費、汙染、破壞等不正義與不和諧的現象，大家都覺得不滿意，物質雖然豐富，精神卻非常空虛，這樣實在是退步，而非進步。我們應該停下來深切的反省，簡樸的精神就有必要重新提倡，回應這時代的需要，給這個生病的社會對症下藥。

簡樸，就是簡單、簡化、樸實、純樸。它是一種生活的態度，沒有一定的方式與標準，它是一個生活的方向，趨向愈來愈簡單，愈來愈樸素，只要你能做到，一個總統可以很簡樸，但不一定要跟一個農夫一樣；一個都市上班族的簡樸也不必像一個鄉下人的生活。每個人各依不同的身分地位，定出自己的標準，達到自己能接受的程度。

簡樸生活是一種降低慾望，放棄方便的生活，人都有慾望，只要你願意降低一點慾望，放慢一點追求慾望的腳步，就是簡樸。在現代文明的生活裡，有很多科技產品，社會制度使我們的日常生活非常方便，只要付鈔票，只要一按鈕，什麼東西就能伸手可得；用完的東西只要隨手一扔，就有人替你善後、收拾、處理，如果你願意降低一點購買的慾望，東西用久一點；如果你願意放棄一些隨手扔的方便，自己多動一下手，這就是簡樸。

簡樸生活是在可能範圍內走向你的最低需求，人的最低需求就是維持生命與安全，超過這些的就屬於慾望，但是在文明社會裡配合個人的身分也有些客觀的最低需求，可也沒有一定的標準，只憑自己反省後的決定。一位總統是一國的元首，有一些配合其身分的需求，只要他擁有的東西不超過這些需求，就能合乎簡樸；需求能再降低，就更簡樸了。就如一個總統在不上班的時間或在非辦公的場合，穿一件夾克，吃一碗小攤子麵，就給人簡樸的印象。

簡樸生活也是盡量不去使用你能力所及的擁有與享受。如果你有七張打球的優待證，你只享受六張，一張送人，你已有一點點簡樸精神；如果你七張都不要，那就的確是簡樸了！一個大老闆有錢可以買一部賓士六〇〇，如果他願意降低一些，只買一部五〇〇，就有了簡樸精神。如果你的收入足夠吃一客五百元的大餐，而你改吃二百元的小吃，你也有簡樸精神了。

總之，有簡樸精神的生活就是節制一點，降低一點，放棄一點，以這種態度來生活，而不是回到從前原始的生活，落後的生活；也不是反對科技文明的生活；更不是貧苦缺乏無奈的生活，這一切都是出於心甘情願的。在這原則下，你會發現，過簡樸生活，雖然節制降低，放棄了很多，但你會因捨而得。得到的是健康、快樂、自由，不會因此吃得太多而生病，不會因擔心失去而憂慮煩惱，不會受慾望的束縛；而且因捨去而多出來的能力與資源可以拿來幫助別人，社會就會多一份溫馨，多一份愛，人不向無限慾望的方向發展，而能節制，我們生活生存的環境就不會繼續被汙染破壞得如此慘不忍睹。

鹽寮的生活

我在鹽寮的生活是簡樸生活的一種方式，但不是一種標準方式。在鹽寮海邊我們住木屋，自己動手蓋，沒有水泥叢林的壓迫感；用灶燒飯，不用煤氣電鍋，因此要去撿柴、鋸木、劈柴，可以勞動鍛鍊身體；不用自來水，而到泉水池去提水挑水，就不必擔心水質的汙染，因水得來不易，於是發展出一套「惜福省水清潔法」；不用買菜，而自己種菜或採野菜，或到市場撿菜，不怕農藥化肥的毒害，更不必花錢；盡量素食，吃瓜果蔬菜五穀雜糧，因此不怕會有心臟病、血壓病；衣服即盡量穿舊穿破，但求保暖蔽體，不必時髦名牌；不要電視、音響、冷氣，而享受天籟、海濤、清風，這樣能體驗大自然的自由無限、無拘無束，與天地合一。

我們也物盡其用，果皮殘葉即堆肥，廢紙可生火，塑膠袋清洗再用；廢物利用，到處撿拾被丟棄的木板磚石以建房屋；就地取材，用本地出產的東西，不買外來百貨；不貪方便，上街自備購物袋，不用一次就丟的包裝，不用化學清潔劑或殺蟲劑、化肥、農藥；不貪口腹之慾，不吃垃圾食物、汽水、罐頭、零食。因為是自願的，不覺苦反而是樂，捨棄了物質的享受卻得到心靈的自由。

要過愉快的簡樸生活其實也不是那麼簡單，至少你要有一些能耐、技巧，還需要一點點智慧。最主要的是出於自願的，強迫不得，不是自願的就會覺得苦，過一天兩天還很新奇好玩，要長久如此生活就不太可能了。

我沒有意思希望所有的人都過鹽寮式的生活。今後絕大多數人愈來愈集中於都市，雖然不是個好現象，但這是個無奈的趨勢。住在都市的人當然沒有條件過鹽寮般的簡樸生活，在都市不可能自己蓋木屋、燒灶、挑水、堆肥、採野菜……

但是仍然可以有這樣的生活態度，找尋適合你居住環境的一種簡樸生活方式。

以前我也住過都市多年，也不是像在鹽寮一樣的生活，但簡樸一直就是我的生活態度，對我能享有的一切都可以心不在焉，就是不把它放在心中，而且將所擁有所享有的東西盡量減少一點降低一點，為能服務更多一些人，分享給更多一些人。來到鹽寮海邊，生活的外表方式與都市完全不同，絕大多數生活的細節都得從頭學起，因為先有了過簡樸生活的態度和意願，生活起來就沒有任何掙扎與困難，反而在其中體驗到很多以前只識知但不真知的道理，就如：「薪傳」、「草根」等，也悟出一些以前沒有人注意的道理：「環保由餐桌上開始」、「避免最後一滴的汙染」……。初時每樣事情都很新鮮有趣，現在雖能習以為常，但每次做的時候仍會有一些不同的領悟，只要用心，也常有新的發現。

表面上這種生活給人的感覺好像是隱世避居，但鹽寮歡迎任何人來體驗，過過這樣的生活，尤其是今日的年輕一代。希望他們能認同這樣簡樸的生活態度，對物質享受節制，對今日富裕生活珍惜，因而在靈性方面能有更多一些進步。要培養簡樸生活的態度最好由小孩子開始，讓他們在不知不覺中體驗到簡樸生活的樂趣，因而喜歡這種生活，長大之後就會自然而然的願意過這種生活。這是一種積極入世的社會教育工作啊！

大同世界的途徑

簡樸生活中本來是中國人快樂的生活態度，是中國人的傳統美德。近二、三十年中國才有幸在較平靜安定的環境下享受到一點工業發展經濟成長所帶來富裕的甜蜜，但可惜的是大家被這富裕沖昏了頭，盲目的、不擇手段的去追求財富與物質享受，才把這簡樸節儉的美德拋諸腦後。現在很多人發現不對了，反省之後，覺得需要回歸簡樸，找回以前那種簡單、平靜、自在的生活。

簡樸生活其實不單是健康、快樂、自由的生活，也是回歸自然的生活，與自然大地和諧的生活，因為過得簡單樸素，就不會對大自然猛取豪奪地破壞和汙染，只求人類的利益，而不願其他萬物的存活。所以過簡樸生活一定會回歸自然，有回歸自然的心態也一定會過簡樸生活，這是一事的兩面，同時並行的。

簡樸生活更是人類要達到和平大同理想的唯一途徑，人人都過簡樸的生活才不會有忙亂、緊張、競爭、爾虞我詐等的社會現象，更不會有紛爭、衝突、傷害、殺戮、貪婪、浪費等問題，大家就會謙遜、禮讓、和氣、互助、互愛，生活安定，社會安祥，這不就是理想的大同世界嗎？

當然不會人人都願意過簡樸的生活，大同世界可能永遠也不會實現。三千年前孔子就希望藉教化以達大同世界，二千五百年前釋迦牟尼也希望以修行超渡眾生，二千年前耶穌基督更希望傳福音使全人類得救，但到了今天，二、三千年來世界一直仍有罪惡和亂象，不過只要有愈來愈多的人願意過簡樸生活，大同世界仍然是有希望的！

——八十三·五·廿八　完稿

自然修行

春：小花嫩葉，鳥兒向你含情傾訴；

夏：陽光藍海，颱風狂放擁來；

秋：閒雲野雁一飛即逝，不留痕跡；

冬：凜冽北風吹得樹葉焦黃紛落。

自然美樂自然尋

很多年前，我曾經和一些台中磊思中心的大專同學欣賞貝多芬的音樂，印象非常深刻，至今難忘。我們在一個大廳中，坐在舒服的椅子上，前面是一片落地大門，全部打開，外面有一大片茵綠柔軟的草地，草地遠處並列著一排俊挺的樹叢。聽到那田園交響曲時真像置身其中；聽到那命運交響曲時更覺神魂超拔、渾然忘我，當時認為實在是最高的享受。

幾年後，在瑞士蘇黎世的音樂廳，在奧地利莎茲堡的街頭咖啡座也聽到類似的交響曲和圓舞曲，也曾忘形於其中。那時，深覺這些古典音樂就是人類最高級的音樂。

初到花蓮鹽寮，面對浩瀚大洋，波濤澎湃，身歷其境，感動不已。早晨坐在海邊崖石上，旭日東昇，清風徐徐，大地寧靜，冥想入定，也感動不已。在這裡生活幾年後，經歷了大自然的各種變化，也感動於大自然變化無窮的各種音樂。春：小花嫩葉，鳥兒向你含情傾訴；夏：陽光藍海，颱風狂放擁來；秋：閒雲野雁一飛即逝，不留痕跡；冬：凜冽北風吹得樹葉焦黃紛落。

大自然的音樂由風、浪、流水、蟲鳥相互協奏組成。風吹動不同樹葉、青草、竹枝發出不同的聲音；浪在不同的天氣湧響不同的濤聲；流水在大小高低的石澗擊起不同的共鳴，蟲鳴鳥唱、早晚春秋也有不同的心情。

原始民族對大自然的崇敬、讚美、回應，發而為他們熱情的音樂與舞蹈，這些音樂與自然是那麼的和諧融合，因而無礙地成為自然的一部分。

人受自然的音韻感動，而將所聽所感譜成曲調樂章，在遠離自然之後，亦能藉以緬懷追想；所以這麼多行雲流水、風雨和晦的音樂，才會如此深受喜愛且歷久不衰。人造的音樂不外在敲擊、拍打、彈撥、吹吸、叫唱，在自然中早已有了，就像猿猴拍掌、浪濤拍岸、流水擊石、風吹葉竹、蟲鳴鳥唱……。會動的東西就能發音，悅耳的組合就成音樂；只要耳悅，大自然中都是美妙的音樂。

可是現代人聚居都市，離自然愈來愈遠，聽不到自然的音樂，只好跑到郊外將自然的聲音錄下來，然後躲向自己的密室裡欣賞，聊以自慰，真是無奈又可笑！

人創造音樂是為了讚美自然造物，表示感恩祝慶、抒發情懷、描述情緒、激動士氣或宣發幻想願望等感想。因此音樂就能使人肅穆、崇敬、讚歎、陶醉、抒懷、感動、鼓舞、熱鬧、高興、興奮、飄飄欲仙、心情安靜等情緒，使人精神提升；可惜這些感受是短暫的，受時空限制。當人回歸自然、修心養性時，不需要人為音樂的刺激也能達到這些目的。因為，有什麼音樂比海浪擊石更澎湃壯闊，有什麼音樂比春風更溫柔、比颱風更狂暴，又有什麼比流水更幽怨或激動，比蟲鳴鳥唱更清脆，有什麼「音樂」比萬籟俱寂更能與山嶽相融？

人的音樂無法重現自然的音韻，也難以顯現人內心的情緒；人用文字更無法描述自然於萬一，我們說澎湃、溫柔、狂暴、幽怨、激動、清脆、寂靜等是抽象化的形容，如果你沒有看過或聽過海浪、風、流水、蟲鳥、高山的形與聲，你如何能由這些文字或人為的音樂感受到真正的自然實體呢？就算我們全然肅穆安靜下來，也無法體會在大山前的寂靜。「澎湃的海」不是由「澎湃」兩個字能體驗到的；「潺潺流水」也不是由「潺潺」兩個字就可了然。就算你在海邊、溪邊住過，一旦離開了，對海和溪的聲音也將會淡忘，而終至印象模糊。

人的音樂只適合在室內、在都市、在遠離自然時演奏，可是人在自然中，在海邊、在深山、在森林、在原野裡就沒有必要演奏播放人為的音樂。那些吵吵鬧鬧的歌曲對自然而言更是一種噪音、汙染、不敬與侮辱。人們去郊遊登山時若帶著錄音機大放與自然格格不入的熱門音樂，這樣怎麼能欣賞自然，哪裡會聽到濤聲鳥唱呢？這又何必遠到郊外來，不如躲在家裡更好。

人在自然中，要用眼看萬物的動靜、用耳聽萬物的聲音，更要用心靈去體會自然萬物的呼吸，與自然呼應，才能融入其中，與自然萬物合為一體，而能進入永恆。

我坐在海邊時已無需任何音樂，什麼音樂都比不上浪聲更令人陶醉。當晴空萬里、微風輕吹，大海漣漪、波光粼粼，浪聲深沉、緩緩拍打岸石，像情人的喃喃細語；在颱風來臨的前夕，雲彩變幻、日映生輝，狂濤巨浪如萬馬奔騰，那種震懾人心的感覺，可以把你整個人吸了進去。海浪永遠是一波接一波的，是最恆久、最有節奏的音樂，能淨化人心、穩定情緒。

在山岩上靜坐就更不應有任何人的聲音，不然就會破壞山中的寧靜，驚動所有蟲蛇鳥獸。山的靜謐，能沉澱人的一切焦慮憂愁。

風是大自然中最好的樂師，微吹、急吐都能成樂；吹在海面上是音樂，吹在陸地上是音樂，吹在樹梢更是音樂。我長居海邊已能選擇要聽的音樂，或者排除不要聽的聲音。靜坐的時候耳朵敏銳，可以聽見細微的蟲聲風聲；入定的時候更可以不聽任何聲音，任何音樂自是多餘的了。

那正是：

大海波浪壯，
無需交響曲，
靜觀萬籟音，
敲擊自多餘。

——八十二·十二月 第三期自然生活雜誌

我們只有一隻羊

鹽寮淨土只有大概三百坪的土地，但是可以延伸到山邊海邊溪邊路邊，能用地可算不少。初時有人建議我種菜養雞，後來我決定只種菜種樹，不養雞不養動物。

種菜種果樹它的收穫可以食用維生，又有綠意美化環境，養氣怡神，淨化心靈。養雞養鴨沒有目的，我們推行素食，雞鴨自是多餘。養狗養貓看門守護也沒有需要，平時我們門窗都不關不鎖，歡迎人來，為何要貓狗看門？狗見人來常會吠叫，反而對客人不禮貌。貓狗當寵物來養又是太過分了。牠們應該屬於大自然的，自有其生存之道。動物的大小便不能控制，隨地解決，製造髒亂，有違淨土原則，更是不好。養動物就需要餵飼、照顧、訓練，我們連人都尚未照顧、教育得好，哪還有時間精神分出來？

這裡不養動物，可是鄰居的貓狗牛雞卻常來自由出入。鄰居的狗都善解人意，友善熱情；貓偶爾來捉捉老鼠，也受歡迎；雞在覓食之後也作窩下蛋，給我們的客人不少意外的喜悅。

可是，有一天早上，蓋房子的水泥師傅抱了一隻初生的小羊來，鄰居的小孩子都很喜歡。原來這隻小羊是那水泥師傅在家門口撿到的，那天清晨他聽見有羊咩聲，出來一看只見這隻小羊獨個兒在草地上，母羊受驚跑掉了，他就將小羊抱來。小羊還不怎樣會站，小孩子們決定要養牠，於是開始用牛奶餵牠。大概一個月後小羊可以吃草了，牠就能自立覓食。小羊也真可愛，腿兒漸漸硬朗、會跑會跳，咩咩之聲像叫媽媽，牠的主人有時帶牠散步，牠就跟前跟後的，令人憐愛。

等小羊稍長大，到處吃草，吃到鄰居的菜葉樹葉，因鄰居抗議，只好把牠用繩子拴起來。有一位朋友來訪，看見小羊長得很壯，就動了食慾，說等明年復活節這隻羔羊就可以宰來吃了。這小羊真可憐，生下來就是孤兒，還未到週歲就有人想要吃牠。

後來餵養牠的小孩一家人要搬到市區住，不打算把牠帶到公寓房子中去，在公寓養動物，尤其是羊，實在是虐待動物。於是這隻小羊就留了下來，另一鄰居老先生每天將牠牽到有草的地方去，照顧了一段時間。原來餵養小羊的那家人住的茅屋後來換了一對新婚夫婦來住，於是又由這對新婚夫婦接替照顧這隻羊。不到一年，這對夫妻要離開此地遠行，照顧羊的責任就落到我身上。羊只吃草，不

一隻獨角羊

需要太多照顧，也就接受了。

起初我看見這羊那麼活潑可愛，喜歡在石上跳來跳去，也不覺得有什麼不便。牠是一隻特種的公山羊，既非黑又非白，有淺黃棕色的長毛，臉部鬍鬚、頸圈、背脊、尾巴、四腿都有深色的鑲邊，有人說是安哥拉羊，有人說是台灣高山羊。我們為牠築了一個羊欄，在兩塊大石間也蓋了一個羊棧，讓牠在內自由活動吃草。羊漸漸長大，氣力也逐漸增強，有一次就越欄而出到處吃小樹苗的葉子，有些小樹因此就枯死了。為了保護小樹，只好加強加高欄柵，可是這山羊還是有辦法鑽出來，而且把欄柵都推倒了。欄柵攔不住牠，乾脆就拆掉，只用繩子把牠拴好，草吃光了，就解繩遷移到別的地方。有時三、五天十天可以不必管牠，也很方便，這樣維持了一段時間。

這隻山羊慢慢顯出牠的特色、個性和堅強的生命力。一般人養羊有時要給牠喝水、吃點鹽，這隻羊都不需要，可能因為這裡靠海邊，青草含水分鹽分比較多，就彌補了。羊最怕淋雨，會生病甚至死亡，這隻羊卻不怕雨，說來奇怪，有時牠在風雨中一兩天，淋得像落湯雞似的，只要抖擻一下身體，把毛上的水甩乾，就沒事兒了。牠很少生病，只有一兩次流一點兒鼻水。他會選擇食物，有樹葉時就不吃草，花葉也很喜歡吃；草有很多種，牠也會選擇，有些草牠特別喜歡，鮮的嫩的是牠的最愛；有些樹葉或草牠只嗅一嗅就不顧了。

有一天清晨三四點，被一陣嘈雜聲弄醒，聽到有動物在木屋走廊上來回跑動，起來察看，看見這隻山羊痛苦呻吟的在打轉。細看才知道牠的一隻角斷了，掛在頭上，鮮血淋漓，滿地血跡。馬上把牠帶到一棵大樹下，綁好，攪一些蘆薈汁敷在傷口上，牠仍然打轉慘叫，看來痛苦萬分，可能是牠把繩子拉斷了，跑了出去，有人想把牠偷走，牠抵抗，就被打斷了角。第二天請教別人如何療傷處理，但不得要領，只好繼續用蘆薈敷在流血深陷的角洞上，再撒些消炎粉。這樣兩三天羊漸漸安靜下來，十天半月慢慢痊癒，長出一點點角質，但不再長角，變成獨角羊了。

這隻山羊在滿一歲時就開始發情，看到人也會興奮起來，做出一些親熱的表情與動作。牠自己會處理感情和性慾的問題。本想為牠找一個伴侶，但考慮之後還是作罷。因為羊繁殖起來會產生更多問題，需要更多的地方、草料與照顧，不是我們小小幾百坪土地所能應付的。讓牠孤獨過活又好像有點不忍；將牠賣了就像將牠殺來吃一樣，只是別人做而已，這是我們每一個曾經照顧過牠的人都不願意的。也曾想過放生，放到山上去，羊不像其他野獸，很容易就會被人捉去，也是會有同樣被宰殺吃掉的命運。

我們只有一隻羊，沒有養牠，只是讓牠在這裡生活，想不到就造成這麼多難以解決的問題。如果多養些動物，問題就會更多，人的問題都尚未解決得了，為什麼還找其他的問題來煩心？簡樸生活應該是簡單不煩惱才對。

人的問題有些是類似的，但人應該有智慧可以自己解決。現在世界最嚴重的問題之一是人口問題，很多專家都在研究如何節育及增加糧食生產，其實最主要的方法就是——貧窮國家的人民節「慾」，不生這麼多兒女；富裕國家的人民也是節「慾」，將享受降低，慷慨大量的將糧食捐贈給貧窮國家。但是人的慾望無窮，不願意節制，所以簡樸節慾的生活方式是全世界迫切需要的。

——八十一・三・廿二　自立早報

雞是人的好朋友

淨土沒有圍牆，鄰居「台北」養的雞就經常來這裡散步、遊戲、覓食、交配、下蛋、孵小雞。每天牠們都定時啼叫、報時，好讓我們不必看時鐘就知道時間，由凌晨、清晨、黎明、早晨、中午、午后到黃昏，非常準確，這準確不是依人造時鐘的準確，而是順著大自然太陽時刻的準確。

「文明」人由書本知道「雞啼報曉」，以為公雞只在日出時才啼叫，想不到雞整天都會叫，「雞鳴不已」的。都市來的孩子們下午聽到雞叫，都以為雞搞錯了時間，其實雞不是為人類報時的，牠在高興的時候就會叫，每次公雞叫後都會昂首振翅，狀甚興奮，當然這只是我的觀察感覺，不是科學研究。一天裡公雞會高興很多次，是因為休息之後的醒來、光線的變化、太陽升起、覓食前的暖身，還有可能是練習歌喉清嗓子吧。有時也在求偶示威時啼叫，不過求偶的公雞是另有一番情景的。

自從我住鹽寮之後，每天觀察鄰居的雞，自由進出，來去自如，回想起以前在外國看過的雞，又在大陸看過的雞都有相似的行為動作，生存生活的道理，也就是雞的文化，沒有因地域品種而有多大差異。牠們的求偶過程、交配方式、築巢習慣、母雞下蛋情形、孵小雞時間、母雞帶小雞覓食或保護，小雞長大後為食的自私性、行動的群性、小公雞好鬥性、練功方式，大公雞對母雞獨占性與排他性，公雞王的多妻性慾、唯我獨尊等，在哪裡都會看到，情形都一樣，而且是一代傳一代的如出一轍。當然這是對自由自在的自然雞而言。也就是所謂的土雞，與土地親近的雞。

而那些被困在農場裡或被關在籠子裡的雞即因為雞口稠密，被閹割了或行動受限制下就不一樣了。不自然的動物行為不是我所喜歡的，因為那使人難過，是人干擾自然的罪過，留給那些研究動物行為的人去研究吧。

我每天有很多時間坐在窗前或庭院裡的瓜棚下，每次有公雞母雞或小雞走過都會引起我的注意，欣賞牠們一番。

公雞走路平常是昂首、闊步、翹尾的，頭往前一伸一伸的非常氣派，在一群雞中牠常常要領頭或站在最高的木頭、石頭上。但當牠要向母雞示愛求歡的時候卻是很滑稽的，兩翅向下張開、振動、繞著母雞橫行打圈，如果母雞同意，牠就騎到母雞背上，瞬即咬著母雞的後項，然後震抖的交尾，大概幾秒鐘就完畢。有時母雞不太願意，逃跑，公雞會尾隨追逐，追上了，母雞只好就範，但一直發出哀鳴。

如果公雞母雞是兩情相悅的，牠們交配後，母雞準備下蛋時，公雞會陪著母雞，出雙入對，飛高爬低到處找尋安全的窩，這時公雞是最溫柔的。如果一群雞裡只有一隻比較大的公雞，牠會獨占所有母雞，不容其他較小的公雞分享。有時已經長成的公雞要與任何一隻母雞親近，只要母雞逃叫求救，大公雞就會馬上趕來救美，把小公雞逐開，自己即騎到母雞身上去，安慰她一番。公雞對母雞是後宮佳麗三千，多多益善，而母雞對公雞即好像是情有獨鍾的啊！

母雞找窩多是高架或隱祕的安全地方，牠比較喜歡在高處的一個紙箱，或樹下的草叢裡。找到了窩就開始下蛋，一天一個、二個不等。母雞每天下蛋之前會在窩的周圍咯咯咯的徘徊，可能是觀察情況有沒有危險，在窩裡蹲一陣，下了蛋就高興的急速的咯哥咯哥的跑出來，有時有其他雞在附近，大家就一唱百和，公雞母雞大合唱以示慶祝。

母雞沒有數目觀念，只有「零一」或「有無」的觀念，蛋少了幾個牠大概不會計算，也不計較，但是蛋全部不見了，牠就會另覓地點了。等到下了十多個蛋時母雞就不再離開窩，開始孵蛋，這時母雞真是茶飯不思，只偶爾會跑出去大小便。小雞破殼而出，母雞就像重生一樣的高興，帶著小雞出去覓食、散步、認識環境。

不是每個蛋都能孵出小雞來，有些中途就被蛇吞食了，被狗咬去了，或踩破了；有些會胎死殼中，母雞只照顧活的小雞離開窩，死去的就任由一些小蟲吸食。

小雞出生第一天有一點呆呆的，但不久後就會吱吱吱的蹦蹦跳跳，或飛翔跳躍，或穿越草叢，或展翼伸腿，但都飛不遠跳不高，這是最可愛的時候，使人很想把牠捧在掌上，抱在懷裡。這麼小的雞跟在媽媽的腳邊找食物，只要咬到較大的蟲就會馬上跑開，躲到遠遠的獨自吃，有別的小雞來搶牠就跑，這麼小就有獨享自私的性格，倒是母雞發現小蟲，會咕咕咕的叫，把蟲咬死後讓小雞吃。休息的時候小雞全躲到母雞翼下懷裡，遊戲的時候小雞甚至跑到母雞的背上呢。若遇上攻擊，母雞會伸開翅膀，聳起脖子，對著敵人，作勢啄人，以保護小雞。如果有小雞走散了，牠就先將其他小雞帶到安全隱祕的地方，回過頭再來找失散的。動物母性保護嬰兒都是勇敢犧牲的，但等嬰兒長大後就不管了。

小雞較為長大到青少年時，叫聲難聽，羽毛醜陋，較不可愛，慢慢可以自行結伴覓食，母雞即準備生下一批小雞。這時雄的青少年雞鬥性強，常常聳毛低頭對峙互鬥，但高高低低鬥了一陣子就會分開若無其事，好像鬥又好像玩耍遊戲。公雞接近成年會初試啼聲，聲音沙啞，實在難聽，慢慢練習才會清爽宏亮，那時便是真正成熟了。

雞有一套功夫，是與生俱來或是觀察學習的，可能兼而有之吧。小雞出生一、二天就會飛躍跑跳，單邊展翅伸腿，稍長即會跳高捉蟲，振翅飛逃。中午休息時常見牠們練習金雞獨立或沙穴翻滾。晚上會跳到樹上抓住橫枝睡覺，這抓功非常到家，不然睡到一半就會摔下來。

人常與雞為伍，朝夕相見，互相觀察欣賞，就像朋友一樣，怎麼會想到殺雞取卵，或雞腿大餐呢？只會聞雞起舞自勉自勵一番吧！平時我雞鳴即起，日出而作；冬天陰冷睡得較遲，過意不去時，雞鳴即悔。聖經中，耶穌的大弟子伯鐸在耶穌受難時竟三次背叛師傅，清晨雞叫時，他立刻就後悔，痛哭不已。雞實在是人類勉勵與警惕的好朋友啊！

——八十三．三．卅一　台時副刊

生老病死奈我何

自古到今，人對生老病死無可奈何，都是痛苦的事，無人能免，也無人能代替，所以佛陀才立志要普渡眾生免於苦難，但是人還是必須經過了生老病死的痛苦，才能脫離苦海。

很多人認為，人生下來到世界上的第一聲就是哭，哭代表痛苦。中國人怕別人說自己老，在年長的人面前不可以說老。現代社會結構大異於從前，老年人愈來愈多，但卻要忍耐孤獨、寂寞、被遺棄的痛苦。人都怕進醫院，可是現代的醫院就是愈來愈多、愈來愈大。雖然醫學昌明，死亡率降低，人口爆炸，但是由於現代病、公害病、奇病怪病而死亡的人也愈來愈多，病的痛苦、死亡的痛苦並沒有減少。中國人最忌諱談「死」，在台灣連與死諧音的「四」字也忌諱，其實最可怕的是因為死後不知會去哪裡。

我在鹽寮住了四年，活在世界上也已半個世紀，慢慢體驗領悟到生老病死並不痛苦，就算有痛苦也能克服它，將它昇華。

人雖然生下來就哭，但實在沒有人還有印象或者記得，生下來時的痛苦是怎樣的。人的出生只是由母親的肚子裡跑到外面來，是一種環境的轉變，不一定有痛苦。倒是母親生孩子是一種痛苦，尤其在難產的情形下，母親更痛苦，也會帶給孩子痛苦。現代醫學發現，產婦在產前有適當的運動，就能得到無痛分娩。村婦農婦經常勞動，生孩子如家常便飯，沒有多少痛苦，很多母親都說，看見孩子長得可愛（其實每個母親都覺得自己的孩子可愛），一切痛苦都會忘記了。所以痛苦全然是一種主觀的感覺，你可以覺得「痛」，但不一定「苦」。

疾病對絕大多數人來說是難免的，但我們可以趨吉避凶，就不會生病，如生活正常，注意飲食，經常運動。我住鹽寮四年，差不多沒有生病，因為這裡沒有生病的原因：早睡早起，勞動也運動，吃素不吃肉；這裡靠山面海，空氣清新、泉水清潔、綠意盎然，沒有都市的煩囂噪音，也沒有工商社會的精神壓力，由內由外都不會有起病的原因，要生病都很難。當然，與自然為伍，被刺刺傷、被草割破、踢到石頭，或者被蛇蟲蜂蟻咬到的可能還是有的，但常吃素多運動，身手敏捷，這種外傷的機會也不大，偶然受點小傷，或者被咬，利用自然方法（蘆薈、草藥），痊癒也很快。

天氣變化偶爾也可能感冒，只要感到一點不適，多喝水、多休息，第二天就好了。人回歸自然簡樸的生活，上天一定會妥為照顧。至於由天上掉下來一塊石頭打在頭上，不是老天爺喜歡開的玩笑。

疾病其實也有積極的意義，使人認識自己的有限與軟弱，珍惜身體生命的可貴，警惕人不要放縱情慾，有時也是上天考驗我們的一種方法，了解這些，就能欣然面對與接受它。

人的年齡有三種，一是歲月的年齡，二是身體的年齡，三是心理的年齡。歲月不饒人，一年一年的算，騙不了誰，到了六十五歲這個社會就認為你是老人，需要退休。有些人到了退休年齡，仍然身體健康，運動自如，看不出是個老人。更有些退了休的人，還能到處旅行，青春活潑，所以老並不一定會龍鍾、遲慢、孤獨、寂寞，只要生活節制、心情開朗、適當運動，仍然能保持健康快樂。人老了，因為一天一天的接近死亡才使人恐懼，但也無可奈何。

很多人都曾想過如何死，但沒有人能預知自己怎樣死。人都不希望死於非命或纏綿病榻，好死、平安死、一睡不起是最令人羨慕、最有福氣的。有這福氣的就是那些身體健康、生活簡單、無所牽掛的人。

基督徒相信人死後還有永遠的生命，這生命是精神的而非肉身的，人死亡就是由肉身超越過渡到精神體。這將來的生命奠基於現世生命的努力上，所以今世的生活應為來世作準備，不要貪圖物質、肉身的慾望而耽擱了精神生活的進展，惜福積德，盡量放棄現世的事物，過簡樸的生活就有其必要。人不知道什麼時候死亡，所以隨時準備心靈的清明純潔更有必要了。有時修行者修練到某一程度，大概就能知道自己的壽數，就會預先準備妥當，齋戒沐浴等待來生。

我們追求的究竟是什麼？想通了，生老病死又奈我何！

——八十一．九．十九　自立早報

長生不老術

健康長壽是一種福氣，是絕大多數人希望追求的，最早秦始皇就想尋求長生不老之藥，現代醫藥進步可以稍微延長人的生命，但常常是在痛苦的情況下久延殘喘，而不是健康快樂的活。

今天也有不少人不想活太久，因為他們身體不健康，疾病一大堆，或者覺得活下去沒有意義，這是心理有病，心理不健康。

長生不老藥其實是沒有的，現在有的只是拖延生命、抑制疾病的方法，就像很多現代病：心臟病、高血壓、糖尿病、尿毒病、腦死、癌症、愛滋病……醫藥只能控制病情，沒能根治病因。人一直處在疾病痛苦的陰影下，因此才有人提倡安樂死，是因為生不如死，生的痛苦比死還難過。我並非就贊成主動結束生命的安樂死，只是同情長期受折磨的病人。

現代人比從前的人平均壽命長一些，因為以前有些致死的病現在已能夠克服了，消除了。可是因為社會型態轉變，反而產生一些由精神壓力、心理壓力，甚至工業、公害、環境汙染而造成的疾病，這些病不致使人一下子死亡，但是可以使人長期受苦。

我們希望的長壽是要健康的、快樂的、沒有病痛的。病從口入、禍從心生，疾病什麼時候會侵襲我們，大概可以預料到，就是在營養不良、心情不好、生活不定、缺少運動、環境惡劣、天氣變化等情形下。世界上雖沒有長生不老藥，卻有長生不老術（不是長生不死）。我雖然尚未達到長生不老，但是已體會出一些有效的方法，就是避免可能發生疾病的情況，或者積極的在這些情況下強化自己。

以前的人營養不良，產生疾病；現代人營養過剩，也產生疾病，當然疾病是不一樣的，可是痛苦都不能避免。現在很多人都知道肉食太多會造成什麼樣的病，菸酒檳榔也帶來疾病，因此愈來愈多人提倡素食，減少刺激。素食適當不會營養不良，而且還可以防止很多疾病。

現代工商社會事事講求效率、考績，整天忙碌，為的已不是溫飽，而是成就，賺更多的錢。有了名，錢更多時，又擔心這擔心哪；因而造成心理精神的壓力，無法疏解，導致很多精神心理病、都市現代病、富貴病。人難以知道適可而止，如果能夠盡量捨棄名利、錢財、物慾，過自然簡單樸素的生活，就不會有這些心理精神的壓力，生活就不致如此忙碌緊張，就可以輕鬆愉快的休閒運動，因而就不會引起疾病了。

今日在都市生活，我想沒有幾個人對居住環境滿意的，空氣汙染、垃圾、噪音、交通混亂、房屋擠迫，也不單使人身體不健康，精神壓力也很大，癌症、心臟病、高血壓的罹患率就比住在其他地方的人高出很多。其實居住環境不良自己也應負一部分責任，首先是自己選擇的，其次汙染髒亂每個人都在製造。再就是在稠密壓迫的高樓大廈中還要一重二重的鎖，並加上鐵窗欄柵將自己關起來，而且躲在密閉的冷氣房裡，其實與監獄無異。外在環境不使人生病，內在壓力也會使人崩潰。很多人明知道這些道理，他還是要往城市裡擠，理由是城市工作機會多，其實為的是賺更多的錢。如果你願意健康，就應該選擇遠離城市，可能錢賺少一些，但這不是重要的了。

發展中的世界，人在大量的破壞自然生態的平衡：工業與汽車噴出大量廢氣，造成全球溫室效應和酸雨；人又大量砍伐森林，無法吸收過量的二氧化碳，也無法調節雨量和氣候，人更使用太多化學工業產品，固體的無法腐化，汙染毒害我們生活周圍的環境，液體的也無法分解，汙染水源河川海岸，氣體的即破壞了保護我們的臭氧層。因此自然氣候變化無常，人的健康因而受到很大的威脅。又因為這是區域性，甚至全球性的，我們很難躲避。不過我們不往城市工業區擠，不往人口稠密處鑽，回歸自然，還是可以有較好的自然生活環境的。

健康無價，但人常常不願意預先付出代價去獲得，往往是失去健康時才無可奈何的付出更大的代價想去挽回，有時候可以挽回，有時候就挽回不了，甚至回天乏術。這些所謂代價，就是節制慾望，口腹之慾、物慾、情慾、名利之慾；放棄一些方便，不用那些傷害健康和環境的東西，也就是過簡樸生活，回歸自然！

長生不老之術儘管可以努力修練，但上天仁慈的恩賜還是最重要的，所以我們得到健康長壽，還應該心懷感恩之情啊！

——八十一．十一．卅　自立早報

我的小鄰居

「我叫田字偉，種田的田，寫字的字，偉大的偉。」一個眼睛大大，嘴巴小小，皮膚黑黑，身體瘦瘦的小男孩會很大方、口齒清晰的回答你見到他問的第一個問題。

大約兩年前，我到花蓮海邊鹽寮村籌建一靜修中心，寄住於鄰居的一間茅草屋內。每天清晨就起來招呼整地、建屋的工作。有一天發現我寄居的這家人中多了一個小孩，不像主人的兩個小孩的長相，原來就是這個田字偉小弟弟，當時他才五歲，十分可愛。

小字偉是另一家人的孩子，每天在這個小村子小聚落裡到每一家去串門兒，逛逛、玩玩、吃吃。我們蓋房子時他有時會與其他兩個小孩一起來幫忙，搬磚頭、撿鐵釘。有時候他早飯前就來，有時候近中午才到，他來的目的其實是為遊戲玩耍。

田「字」偉本叫「志」偉，戶口登記時誤植了。這樣也不錯，而且別緻，種田又會寫字，文武兼備。他天天到我這裡來，久了，慢慢才知道他不幸的家庭背景。他家是隔了一條山澗，過了九號橋的鄰居，與我的木屋遙遙相對。父母親離異，母親帶著一個妹妹在別處工作，父親因喝酒過失打死人，判刑九年，他與爺爺相依為命。他爺爺是七十多歲的退役軍人，在鹽寮已三十多年，自建平房居住，有地可以耕種，生活沒有問題。現在是一位鄰長，平時與鄰居也是退伍軍人下棋消遣，小字偉沒有進幼稚園，每天只是東逛西逛，也沒有同年齡的兒童玩伴。他聰明伶俐，性情溫和，嘴巴很會說話，討人喜歡，希望人注意他、寵愛他。

海星中學校長也是靜修中心籌建的一分子，見小字偉每天游手好閒，無所事事，很是可惜，建議將他送到海星幼稚園上學，好接受一些學前教育，接觸一些同年齡的小朋友，學習一些與別人相處的經驗。徵得他爺爺同意後，大家為他湊了一些學費，就送他上幼稚園大班。平時住在校長的家裡，週末才回鹽寮來。

他在幼稚園中，因野性未除，曾和同學打過一次架，被校長重重的罰了一次，深切痛悔，從此沒有再犯了。校長太太也在學校教書，放學後晚上教他讀些唐詩、三字經，他朗朗上口，記性很好。

一學期的幼稚園大班畢業，有人問他在哪裡上學，他很高興的說：「我是海星中學畢業。」本以為暑假後他就可以上國民小學了，可是學校說他還差一個多月才到六歲，不能入學。大家都奇怪，鹽寮國小全校只有五、六十個學生，還不准學生入學？後來才聽說，今年如果讓他入學，明年就更沒有學生了。

因為沒有上學，小宇偉還是天天遊蕩，每天就到我這兒來報到。這時靜修中心已建好了廚房、廁所及一幢木屋，取名「鹽寮靈修淨土」。開始有年輕人來過幾天簡樸的生活，有勞動、靈修、體驗與城市不同的另一種生活。

小宇偉有時來得相當早，六點七點就來，他會在柵門前拉動那條長長的線，鈴聲就在我的窗前鈴鈴的響，然後就聽見他喊：「叔叔早！」很多時候他都還沒有洗臉，沒有吃早飯就來的。他在家裡還沒養成天天洗臉洗澡的習慣，有時很多天沒洗澡沒換衣服，身上都發酸了，冬天、夏天都是如此。他來之後，我們會一起吃早飯，但唯一的條件就是洗刷乾淨。

吃飯前我們一起祈禱，他就學會了劃十字。有時祈禱中他會打個眼色，指指自己的傷口，意思是說為他祈禱。他說他怕鬼，我教他向耶穌祈禱，保護他。後來發現他有點會祈禱了，就讓他帶領飯前禱，他有板有眼的說出感謝與希望，希望有美好的一天，快樂的日子，平安的回家，窮人有飯吃，非洲會下雨……會令很多來客都驚訝不已。

吃完早飯，他會問要不要「做工」。這「做工」其實是他的遊戲。起初他喜歡做木工，我將蓋房子剩下來的木料拼拼湊湊做了些桌子、椅子、架子、箱子，他就像個小幫手也跟著學習量度、鋸木、釘釘錘錘。後來他就會自己找碎木片釘製汽車、飛機、戰車、坦克車等玩具。玩具玩沒多久就丟棄不理。木工之後他即喜歡鋸木、砍柴、割草、種地，但都是短暫的興趣，可是的確學會了。有客人來說，要他示範，他會很樂意的做。

有一次我要利用由海邊撿回來的木條搭建一個高架涼亭，他說要幫忙。我靈機一動，這是很好的機會教育。問他要搭涼亭先做什麼？要怎樣做？他一時也答不上來，後來他說要拿釘子、錘子。我問要蓋怎樣的亭子呢？於是從設計開始，告訴他要畫圖、定尺寸、找地方、找材料、量度、安排、地基等。他很有興趣用軟尺量度每一根木條的長度，安排大小順序……於是他學會了一些數學基本概念，分類放置取用的管理常識。每天做工他就先去拿軟尺，他說他是一個木工小師傅。

由於設計也發揮了他的想像力，當然他的設計是難以實現的，不過從此他就喜歡上畫圖設計了。其後的一段時間，他每天都要找紙筆來畫圖。他設計了一幢三層樓的房屋，內有門有窗，有樓有梯，有床有桌，有燈有電視，更有爐灶煙囪……。他又喜歡畫汽車，這汽車卻是二十輪超級車，分三層，有睡房、廚房、遊戲間，前後還有守衛槍炮手，幻想豐富。他說他以後要當一個畫家。

與宇偉一起搭涼亭

畫了一陣，他的興趣又改變了，喜歡看圖畫書，並學習下棋、書法、算術，偶然有外國人來，他也學會一兩個英文字。

每次早飯後，他都會問要做什麼。我反問他想做什麼，才教他一點東西。有時也提醒他，引發他要不要學些別的。他不要學時絕不勉強，但他有興趣貪多時，卻加以限制，使他學習到節制。

宇偉一直喜歡的是戲水與爬山，每次要去海邊或溪谷他都非常高興，雖然回來時都要帶些木柴，有些不情願，但在海邊時他可盡情的玩。小時他喜歡撿拾海上漂來的塑膠玩具肢體，憑想像編故事、堆沙遊戲，忘懷其中；稍大些時即在水裡蹦蹦跳跳，沙上游泳。

宇偉的人緣很好，他對來訪的客人都非常友善而熱情。尤其對阿姨們特別親熱，而且會撒嬌。不難想像的，這是對母愛需要的補償心理。有小朋友要來，他會很早就來等待，和小朋友玩個痛快。他最怕被排斥、拒絕、別人不跟他玩，他會暗暗生氣，甚至哭泣。有時他就全天耗在這裡，到黃昏他爺爺來找他才回家，玩得特別高興時，更在這裡過夜了。

自從讀完海星幼稚園，他對聖經故事、進教堂參加彌撒都感興趣。這裡的靜修中心常常有神父、修女來，字偉對修女尤有好感，不管見過沒有，只要是修女他都好像非常熟識。

他愈來愈長大了，假日就找些較大的小孩子玩，但他學會了一些壞習慣。有時冒出一句粗話，有時會偷錢去買零食，問他是不是他偷，為什麼要偷時，他就會哭。他最怕他爺爺的打，但是沒有用。

字偉的確是個聰明的孩子，很會討好別人，很會化解大人對他的不滿，對有興趣的事物，學習得很快，但缺少耐性。有些事情可以請他代勞處理，比如有人來生活體驗時，就可讓他示範如何做垃圾分類，廢紙放灶邊待燒，果皮菜葉送堆肥場，塑膠袋打個結存放；水不要開太大，用完的工具放回原處等；登山他可以帶路，到溪谷他也可以領頭。有時我出遠門去，也可以請他過來看看門，有人來他會指點，有電話他也會答應。

今年夏天字偉快七歲了，將要國小入學，偶然會發現他有些心事。他爸爸已轉送到外役監獄，可以放假回家，但每次回來後，字偉都像悶悶不樂的樣子。他比較喜歡媽媽，也想念媽媽。去年他生日的那天，他說媽媽會回家，白天我帶他去米老鼠公園玩，還買了個生日蛋糕。晚上等了很久，他媽媽連個電話也沒有，他只好失望的睡覺。母親節他好想寄個母親卡給他媽媽，但是不知應該寄到哪裡。

有不少人見到小字偉可憐又可愛，都想做他的乾媽乾爸，但都是一時的感情用事，他需要的是正確的全人教育及真正實質的愛。

——七十九・十一・廿九　教友生活周刊

大自然裡修行

在大自然裡修行，是自由的，健康的，快樂的。

教會內的人來到鹽寮常常問我，你們的祈禱室在哪裡，到哪裡望彌撒。我會說：不在耶路撒冷，也不在聖殿裡。大海在前、高山在後、穹蒼在上、大地在下，這就是我們祈禱的地方。天主是無所不在的，祂不會被囿限在一間人造的房子內，祂在海上、在雲端、在山頭、在樹梢；也在沙礫中、岩石上、花草裡、溪流間，祂更在我們的心中。我們可以隨時隨地遇見祂，與祂交談，彼此聆聽，相對凝視；在黎明、在清晨、在日出、在中午、在黃昏、在黑夜，在工作時、在遊玩間、在吃飯中、在睡夢裡……。

一天的生活

鹽寮淨土靠山面洋，前面就是太平洋，每間木屋的窗戶都向東，每天開始的第一道光線會直接射進室內，蚊帳會被照得通紅，起來就可以面對太陽靜坐，與天主神交，或者登上瞭望台，或者下到海邊大石上迎日觀海默想。其實只要高興，一天中工作之餘，閱讀之後隨時都可以到台上到海邊靜坐默想片刻。晚餐後睡覺前我們都會圍坐在一間最大的木屋地板上彼此分享，分享感受、分享理念、分享聖言、分享人生，有分享，天主就在我們中間，這也是祈禱。如果只有一個人，我會讀一段聖經，默想靜坐，將整個生命交在天主手中，然後入睡。

自由的祈禱

在大自然裡，祈禱由念而生，一念再成自己的言語、思想、情感，與天主交流相遇。情感應該是與主相遇的最高境界，思想、言語都是有限的，都被打了折扣，都不能達到全神原韻。除非不會用自己的言語、思想或情感，才需要借助前人已寫好的經文、聖詠，或歌曲做為祈禱的媒介。但用久了你就更不會用自己的情感、思想、言語與天主交流。

前人的禱詞、歌詞聖詠是用情感、智慧或天主的啟示寫成的，雖然美，但終究不是自己的話。天主看重的是每個人自己與祂交談，而不是美麗的詞藻，更不是矯飾的文詞，你可以不必用複雜的思想、設想周到的邏輯、有條不紊的結構，只簡簡單單的就像小孩子一樣，只說：「爸爸，我愛你。」為天主已足夠了。

祈禱就是與主相遇，相遇時自會有仰慕、讚美、感恩、傾訴、祈求……。祈禱不是只有祈求，也不應該只有祈求。要仰慕讚美天主，就應對天主所創造的一切美好萬物尊重、愛護，不是只有言語、思想、心態，更應該實踐在行為上，所以在生活中尊重、欣賞、愛護、不汙染、不破壞天地萬物，就是在祈禱。要感恩更不應只在口頭上，也應該在行動上，就只要報答，報答在最小的兄弟身上；餓的給他吃、渴的給他飲、寒的給他衣、病患去看顧、流浪即收留……。要傾訴也不必嘮嘮叨叨，大小無遺，天主是全知的，祂都知道我們要說什麼要求什麼。

與主相遇到了最高境界就不需要用任何文字、語言、思想、歌詠，而只要含情脈脈、一語不發、一聲不響，這種相遇也能達到相通，我們的孺慕之情到達祂那裡，祂的恩澤也流瀉給我們。

我們與天主相遇契合也好像浸在海洋裡，看不見水，感覺不到水；在空氣中，看不見空氣，感覺不到空氣；在全光中看不見光線，而只看見光所照耀的東西。

天主是無名的！我們盡量不要把「天主」、「上帝」、「老天」、「阿爸父」等名稱、字樣、形象及觀念出現腦際，不然上主就被這些有形的「　」局限住，我們就不容易遇到真正的祂。上主是愛、是真、是善、是美；大自然都是愛、真、善、美，所以我們到處可以遇見祂。

天主是無限的，無限對人來說就是「空」，我們只要掏空心靈，準備一個純淨的心，不裝載自己有限不全的意念，天主就能進入我們的心，與我們契合，充滿我們。要空就需要放下、捨棄、靜坐、入定，入定就能天人合一。

一般人定了早晨、中午、黃昏作為祈禱的時刻，是怕白天太過專注在工作中而忽略了，這三個時刻比較寧靜清醒。在大自然裡整天都在接觸天主，就不必一定在早晨、中午或晚上祈禱了。又有些人習慣早上將一天的生活工作交托在天主手中，到了晚上又會將一夜的睡眠交付，這是為了安心的緣故。如果我們習慣了隨時準備好，將整個生命及一切都交付在天主手中，那就更安心了。天主是時間的主宰，不受時間的限制，我們在什麼時候祈禱對祂其實都是一樣的。

祈禱、與主相遇開始於一念之間，也成就於一念之間。在大自然裡整天整日、無時無刻都是在這種氛圍之中，從清晨雞叫、太陽東昇、泉水盥洗、野外大小號、鋸木砍柴、生火起灶、挑水做飯、除草種菜、溪流洗濯、日落西山、休息睡覺；或是海邊散步、登山遠眺、溯溪攀岩、採野果、摘野菜；甚或閱讀寫作、歌唱分享等，在在都是與主相遇相親的機會，只要一心一念所至就成。

健康的吃喝

亞當夏娃在樂園裡過的是快樂健康的日子，吃的是蔬菜和果子。自從他們聽從了慾望的誘惑吃了那禁果，才知道羞恥，無福再享受樂園而被趕離，而且要勞動工作才有收穫。他們的兒子加音因為妒忌忿怒而殺了弟弟，人類因此顯露出了殘酷的性格，自此他們也開始殺牲祭祀及食肉，人類食肉背後隱藏的就是一殘殺的事實。

在大自然裡與萬物共同生活就不應有殺戮的行為，大地的生產有太多東西我們可以吃，不致要殺害其他生命來得到食物，為營養來說更是不必吃肉才有，當初在樂園裡天主把結種子的蔬菜及含種子的果實給亞當夏娃作食物，他們生活得非常健康。「種子」就是生命，人吃了菜葉果肉並沒有消滅那生命，生命可以延續。種子通常都結很多，人有時也吃一些種子，這種子帶給我們的就是活的生命力。

人體的構造本來是適合吃蔬果而不適合吃肉的，人的消化系統接近草食動物，腸子很長，食物在消化系統裡停留時間很久，蔬果在裡面會慢慢被吸收，剩下來較粗糙的纖維即被排泄出來，但動物的肉在人身體裡這麼長的時間就會腐爛發臭。動物在死亡的一剎那都會因驚嚇而產生一種毒素，那毒素就隨著肉食進入我們的身體，而且還會積存下來，所以人吃肉等於吃屍體和毒素，因而產生很多疾病，是不健康的。

要過自然的生活，不殺害生命，吃素就成了當然的事了。在自然裡「修行」更應該吃素。吃素需要種植，會看見生命的蓬勃生長，吃肉即會看見生命的消失。吃素會使人性情溫和、謙遜、柔順、忍耐，像大多數草食動物一樣，而且會有慈悲心及降低慾念，這是出家人、修道人最需要的：吃肉即使人脾氣暴躁、易怒、殘忍、攻擊性強，像所有肉食動物一樣。

吃素還是發揮愛心的實踐行為，一是為保護環境，不吃肉就不會因飼養牲畜、種植雜糧草料而大量砍伐樹林，如在巴西的熱帶雨林因美國要開闢牧場而迅速消失中；另外不養豬就不會有大量豬的糞便汙染環境。一是為解決世界饑荒問題，因為要生產一公斤的肉需要消耗七至十六公斤的糧食，換句話說，少吃一公斤的肉，就可以有更多的糧食養活更多的人，有人計算過如果美國人減少百分之十的肉食，非洲就可以有幾千萬人不致餓死，而這百分之十的肉美國人其實是不需要而過量的。

住在海邊山腳，遠離都市塵囂，沒有空氣汙染；隔了大山沒有酸雨；泉水清澈不被工業汙染；不用每天早九晚五擠交通、受噪音，沒有工作壓力；不吸菸、不喝酒、不吃肉；因此沒有生病的各種因素，加上常勞動工作、活動筋骨，於是就自然而然的得到健康。

快樂的捨棄

以前的人有苦修的，現在大自然裡修行卻是「樂修」。當你自願捨棄了都市的生活、物質的享受，過一種清靜無為的修行生活時是自由、平安、快樂的。捨棄的愈多，自由、平安就愈多，快樂也跟著愈多，因為捨棄之後就沒有牽掛，不需要牽掛世間名利權勢、身分地位、人際關係等虛假的事；沒有憂慮，不必憂慮吃的穿的住的，只要自己動手，簡單最低的需求很容易滿足，天主也自然會照顧；也沒有恐懼，不用怕失去任何東西，因為一切世俗的物質都已不在心中，所以內心就會自由、平安、快樂。因此這「捨」反而是「得」。耶穌也說過，誰捨棄自己的生命，就會獲得生命。這自由、平安、快樂是捨棄之後的自然結果，而不是刻意追求的目的。

在優美安靜的環境、清新的空氣、開闊的山水裡修行生活，心情是愉快的。人在這樣美好的環境下自然會感動而快樂，也會感謝讚美天主。天主願意看見人是快樂的，人大可不必自找苦吃。因此在大自然裡修行生活是自由自願的，精神健康的，快樂非苦的。你何妨也來一試，一起同修！

——八十三．一．十六　教友生活周刊

身心靈平衡，天地人合一

人出生後就開始生命的歷程，不斷的成長、發展。其實生命由成胎就開始了。最先是身體的軀幹四肢發展，慢慢再發展情緒、感覺、人格，其次發展心智、理性、知識、能力，最後到智慧、意識、心靈。

人身體的發展第一階段是骨骼肌肉的強壯成熟，如果注意飲食、運動、心理等各方面的調適，就會發展第二階段內在的健康與力量，後來到了極限就漸漸老化衰退，最後終至死亡、消滅。人的心情、情緒、感覺也會隨身體的退化而走下坡，以至遲鈍、麻木。智慧、意識、心靈的發展比較緩慢，但可以一直發展下去，而且，有一天由於身體的消失，這意識心靈更能達到解脫、提升，直到與宇宙最高的意識心靈結合，天人合一，回歸宇宙的源頭，也能延綿至來世後世，並沒有消失消滅。

人的發展達到最高境界的時候應該是身心靈整體的發展，而且是平衡的發展，身體健康，心智健全，心靈純淨，不偏重哪一方面，也不偏廢哪一方面，到身體漸漸退化的時候，就可以更專注於心靈的發展，可惜的是很少人能達到身心靈平衡發展的境界，大多數的人只注意某一部分的發展而忽略另一部分，以致發展不均衡，而成畸形，個人如此，社會也如此。

今日所謂文明的社會，尤其在台灣，強調工業經濟的發展，社會最大的目標在累積財富，提高物質生活享受的水準，個人因經濟富裕，飲食不當，發展成腦滿（高血壓）腸肥（心臟病、糖尿病、胃癌、腸癌……）、四肢發達（痴肥症、好勇鬥狠），或者練就陰陽奇術（好酒嗜菸、好食好色、愛滋病……），可是心靈空虛苦悶，缺乏靈性。

社會資源集中於經濟發展，其他的發展只得往旁站。教育系統也以功利為依歸，因而發展出升學主義，能力至上論，訓練出一批批有新知識的頭腦和會做事的雙手，人性本能卻非常欠缺的人。為了升學、考試、升級、升等，身心在長期的壓力下罹患各種所謂現代文明病，身心不得平衡，身心都不健康，心靈就更不用說了。

有些自由教育主義者欲解放這樣的壓力，主張人在能自由發揮的環境下學習，沒有框框條條和壓力，可是這種教育方式只注意人現世的身心，也是只發展人的知識、能力、性格心理，解放人的心情、情緒。但是它忽略，甚至排斥人還有靈性、靈魂，更有將來的生命。所以這樣的教育雖消除了壓力，卻缺少了為人更重要的靈修環節。

禁慾主義及苦修者雖然非常注意心靈修練，卻刻意折磨、壓抑身體的發展，以致只有靈性精神，而身體即羸弱多病。另有出世或入世靈修修行者，以靈修為最終目的，但在自然環境裡，簡單的飲食中，能有充沛的精神、健康的身體，仍兼顧到身心靈三方面的發展。

我們在鹽寮過簡樸生活，回歸自然，不是克苦，也不是避世，只是在自然的環境裡體驗一種不一樣的生活，吃喝簡單，自然素食，勞動工作，有助身體的健康長壽；環境安靜，空氣清新，沒有都市的煩囂與壓力，精神心理都得到鬆弛釋放，因此就沒有心理、精神方面的毛病。這裡不是求知識的地方，而是生活的地方，知識可以在學校、都市得到，而在這裡可以獲得生活的技巧與智慧；在接觸土地，融入大自然時，也可以學習得到自然大地的智慧。這裡提供一些有關身心靈健康和修行的書籍，可以幫助反省、思考和修練。

靈性修練方面，我們容納多元的方法，融合西方與東方經驗，各種宗派都可以在這清靜的環境下共存，可以自我修行，也可以互相觀摩、討論、推介。讀經、禱告、閉關、參禪、瑜伽、靜坐等各施其式，只要彼此不互相干擾，可以各行其是，詠唱或靜默是比較容易為大家共同接受的方式，所以經常採用。其實在大自然中最容易靈修，觀山觀海，聽風聽鳥，都可靈修，對找尋內在自我都有幫助。

當人能達到身心靈的平衡發展時才會得到內外真正的自由、喜樂、平安，這是人生所追求的。

我們的社會現在人口愈來愈集中於都市，居住環境稠密，人心的距離卻愈來愈疏遠，彼此猜忌、不信任、不關心；甚至易起磨擦、衝突、競爭、排擠，爾虞我詐……更甚者為貪求不當利益不擇手段，偷工減料、擄人勒贖、殺人放火、行賄暴力等，已把人的價值置於金錢、權勢之下，人與人之間的關係已惡劣到極點。

人們也因只求自己的利益與方便對生存生活的環境不屑一顧，以致任意拋棄垃圾、製造噪音、汙染空氣河川海洋、破壞水土水源、濫墾濫伐；無限制的開發、農地大量減少、森林快速消失、山坡地也開發得面目全非；連大氣層也破了洞，人與大地自然的關係也已跌到最低點。近年全球氣候惡化，雨水失調……可以看到大地已發出怒吼，正蓄勢反撲。

今日台灣的社會整個為功利主義、享樂主義的氣氛所籠罩，人在這樣的心態下已不再有敬天感恩之心，宗教神明也都成了人利用的工具，神棍斂財騙色，求神拜佛為了發財致富升官，好一些的為了健康幸福，捐錢為求積德回報，都是自私的，少有為人類大眾著想。工業革命之後，科技愈來愈進步，人能飛天上月球，電腦電子無遠弗屆，人因此驕傲自大，以為人定勝天，統御大地萬物，人成了宇宙的中心，無神論大行其道。

我們回歸自然，反璞歸真，過簡樸的生活，希望在自然、純真、簡樸的環境中重建人與人互信互助互愛的關係，大家坦誠交往，相互鼓勵，分工合作，一起行動，彼此分享感受、情緒、心得，甚至財物共享。我們關愛的人除親友師生外，還關心周圍生活的人，盡可能幫助解決問題；遠方有需要有缺乏的人，伸出援手；還有將來尚未出現的人，為他們保有資源，預備一個美好的環境，而不是留下一大堆問題讓他們去解決處理。

其次要重建人與大自然關懷、尊重、互惠、共存的關係，由於與自然大地接觸，體驗人類的食物均出自大地，而產生大地是我們的母親的情懷，因此關心、愛護、保護她，而不願汙染破壞她，古早的人追求的心靈境界是天人合一，天包括了最高的神和宇宙大地。近代因為人與自然大地的關係特別顯著而惡劣，所以才特別強調人與大地的關係需要改善重建。

最後要重建人與天共融和諧的關係，因而激發出對上天的一份崇敬、讚美、信賴、依靠的心，上天有無限的包容力，只要人不與祂作對、不破壞，就可以重拾舊好。

人在今日瞬息萬變、物慾享樂的洪流中，應該清醒一下頭腦，認清自己一生中追求的是自我的身心靈平衡健康的發展，進一步需要清楚自己在宇宙萬物中的正確定位，最後提升心靈，達到天地人和諧合一的境界，這樣才算完成一生的任務，達成一生最終的目的。

——八十三．八．八　鹽寮

體驗分享

離開鹽寮，

其實才開始真正的生活——

真正自然的生活，

真正接近自然的開始。

鹽寮給我的

⊙沈振中

從來沒有一個地方，像鹽寮這樣給了我許多。杜威的「生活即教育，教育即生活」似乎僅能在此實現。

看著牆上一張張小小的提醒，在主人未教導該如何使用此地的資源時，我生平第一次那樣謹慎的，小心的用很少的水來洗手、洗臉，用不到半杯水。這只是在生活上對土地資源「惜福」的開始而已。鹽寮的種種，不論是洗手、洗臉、洗菜、洗碗、木柴起灶、劈柴、撿石、除草，或穿越草木走山徑，或赤足溯溪，動手做饅頭，永遠的每餐三樣菜，燭光下的分享，時間是有彈性的，內容可因人而調整，甚至是走很長一段海灘的考驗等，對我都是衝擊。

祇有小時候才有類似的體驗。長大後的生活是物質的，忙於成績、工作而忽略自己是如何在生活的，忽略了生活中是如何在使用大地資源，又忽略了使用時是否注意到環境的維護。

「惜福、簡樸」及「不給地球多一點的負擔」是鹽寮給我最多的，原來，這是做得到的。不是理論，不是口頭，而是在生活上本來就可以做到的。而鹽寮的生活內容並非多麼的不一樣，都是原來本該發生在每個人的生活裡的；祇是我們在繁華的都市裡迷失、遺忘了這原始、自然的生活能力。物質文明的方便，使人對它過度依賴，進而不會珍惜！「即用即丟」的消費型態也使人留給地球無法消化、吸收的垃圾。鹽寮對我來說，是一個提醒，提醒我回復本來就該有的，生活不必要太多的附加物，只要一點點的需要就夠了。可以重複使用的就盡量重複使用，不丟給大地非它原有的垃圾，就如同不給自己生活、心靈裡非必要的負擔。土地就如同我們身體的一部分，使用它就得同時維護它、尊重它。

離開鹽寮，其實才開始真正的生活——真正自然的生活，真正接近自然的開始。而鹽寮，我很希望那裡永遠如此「簡樸」，是木、石、草等自然物集合而成的地方，是一個讓人重新看到自然的地方，讓人從自然裡看到自己的環境。就如「自然」本身一樣，不需太多人為的填加與改變，原來是什麼就是什麼，原來有什麼就有什麼。就如「自然」是單純的，易見本性的，一旦人類開始注入各種建設，活動，自然就會愈來愈混濁不清，失去原來純樸的面貌。

沈振中，輔大生物系畢業。
現任教於德育護專。著有《老鷹的故事》（晨星出版）

有與無

⊙樂俊仁

「昨天我家的冷氣機壞了，電器行沒空來換新，唉！真把我熱死了！簡直活不下去！」這樣的抱怨是我們常常可以聽到。不自覺地我們的生活中加入許多的事物，原來沒有的，現在有了，而且使我們依賴他們，還讓他們來左右我們的心情、心態、動向、決定……

近日報章雜誌有不少旅遊的報導，認為許多大陸的家庭基於面子問題，為家中購置了許多不必要的設備，甚為可笑。其實，我們是五十步笑一百步。有個朋友去前面街角的店鋪買瓶醬油，距離住處約八十公尺。他先鑽進那部豪華轎車，把車內冷氣開到最大，用遙控器打開了電動鐵捲門，油門一踩，他的車子瞬間加速至每小時六十公里，立刻他必須踩剎車以使瞬間減速，否則他就開過頭了。可惜那家超級市場周圍連違規停車的地方都沒了，他通過時要十分小心，免得碰上人潮或亂停的車子。唉！既然沒停車位，只好去繞繞圈了，三圈繞下來，好不容易看到一部車在一個禁止停車的地方開走，於是他油門一加猛衝上去，好險！比

靜思樓小白石鋪路

另一個方向衝來的那部車剛好快了半秒鐘，不過兩車相爭，彼此還是刮到了一點，雙方都下車查看傷勢，發現只是油漆擦掉些，可是沒搶到位子的仁兄心有不甘，拉大嗓門罵起來，於是一場街頭對罵吸引了不少看戲的觀眾，幸好雙方都是「大忙人」，好戲也就在五分鐘後收場，反正保險公司會賠的，不然保全險是幹嘛的呢？這位朋友口中還唸唸有詞的走進超市，很快拿到了他要的那瓶醬油，走向收費處，哇！那麼多人在排隊！好極了，前面不是隔壁的王太太嗎？快走上去，打招呼、問好、聊天，就把插隊給掩飾住了。

後面有位青年看樣子識出破綻，怒目相視，只好來個視而不見啦！太棒了，款一付就可以跑，不然有頓架可以吵了。咦？擋風玻璃上那張是什麼啊？糟了！違規停車罰款單，太不公平了！剛才那些車都沒吃單呀！真倒楣！跳進車子，先倒車，轟然一聲，車後似乎有什麼東西倒了，只好下車去看看，不得了，撞倒兩部摩托車，豈有此理，這兒是禁止停車的，怎麼可以呢？剛才自己停進來時還沒車的呀！真不巧！一個摩托車主走過來了，不就是剛才那位怒目相視不喜歡自己插隊的年青人嗎？果然，只有忍氣吞聲花錢消災啦！快溜！否則第二位車主必然快到了。回到家中一算：買這瓶醬油共花新台幣一仟伍百元及整整一小時。

剛才的這幕劇情或許對不少人都很熟悉。是街道太窄？停車位不夠？顧客太多？超市太少？……明眼人一看便知，基本問題是不肯走一百六十公尺的路，為什麼呢？因為有車子可以代步，再走路太不光彩啦！我們活得下去嗎？如果——沒有汽車代步而要走一百六十公尺？沒有到處的冷氣機？沒有各種的西式速食？沒有電梯而要走一兩樓的梯？沒有用完就扔的許多物品？沒有名目繁多的糖水（飲料）？沒有令人一醉的美酒？沒有到處林立的小煙囪（香煙）？沒有總是吃剩一大堆的宴席（朱門酒肉臭）？沒有氣派雄偉的裝潢及裝飾？沒有事事自動化的用具？沒有各式各樣的名牌？在鹽寮可以找到答案！當然活得下去！

人可以糊塗一時，不可糊塗一世。今天是我們覺醒的時候。耶穌說：「人若賺得全世界，但喪失了自己的靈魂！為他有什麼益處呢？」

樂俊仁，祖籍浙江，天主教傳教士。

鹽寮的感覺

⊙周木

首先感謝「路無限的寬廣」。來到這美麗的大自然——花蓮鹽寮，使我找回自己，並愛上鹽寮的人與物，山與海。人與物是那樣的樸拙，山與海是那樣的純淨，太平洋更是那樣的生生不息。我更感到天旋地轉、心如夢幻，內心裡有一股壓不住的感謝與敬畏，思潮起伏，於是觸動我的心，提筆一記在鹽寮的感覺。

鹽寮感覺之一：想起在這裡的時空，人與淨土的融合，內心裡有非常虔誠的想法。「太好」兩個字實在是最生動的形容詞，並且受益良多。心裡的喜悅帶走了它的頹喪、惶恐與無奈，平息了不滿的怨懟與憤怒，洗淨陳年的心塵。面對再度遇到的泥沼，幾乎無法安定的情緒，人生無用論的困擾，迫著走到何去何從的危機邊緣。

鹽寮感覺之二：當日媒體報導「台視熱線追蹤」，歷歷清晰的畫面，觸動了我的心，選擇了這條東西貫穿的中橫公路，到達花蓮鹽寮的靈修淨土。踏進這塊土地，心中的感受很多。面對貼在牆壁上的條條框框，欲有離去之感，經思考後決定迎接這些挑戰。經過三天的生活後，我感覺到能慢慢體驗出來那裡的精神。如今已在此生活八個月，更頓悟到人生所學。其實很簡單，本來生活就應該這樣的，由於主人區兄（我的敬愛稱呼），不疾不徐的性情，學人素養的氣質，燃燒自己照亮別人的胸懷，於是觸動了我的心。經過思考後，決定帶我的孩子來這裡過一段簡樸生活。更重要的是，畢生最有價值的父子關係的重建，並使孩子們認識鹽寮區伯伯（孩子的稱呼）。

在鹽寮生活的感覺，較容易作一些省思，好的、壞的、過去的、現在的、未來的，因為它沒有都市生活的壓力，有自在生活的空間，因此會有活生生、實實在在的感覺，使得思想敞開，自我理念能自由自在地表達出來，而選擇自己生活情趣和實現理想的環境，活得自在，活得有意義。

鹽寮感覺之三：「四十歲以前為別人而活，四十歲以後為自己而活」。世間充滿了無奈與痛苦，現實的希望誘人去追逐，吃得好，用得好，住得好，這些就是所謂的物質享受，現代人追求的生活，於是拚命為生活而工作，使得自己在一個束縛的環境裡奔忙，有些人成功，有些人失敗，常常自嘆：人是為何而活。

鹽寮感覺之四：「什麼是愛情」。想起愛情這兩個字，原本我非常在意它的可貴，我曾經大聲嘶吼，愛情原無法與鈔票相比，如今平靜地回想起來，彼此平等的愛，應有包容的心，無怨也無悔，何必傷害彼此的尊嚴？要有「虎留皮，人留名」的胸懷，才是人間的愛。

鹽寮感覺之五：「漂泊生活」。活到四十，如今還在漂泊，開著一部四輪全動小貨車伴我遨遊，窮鄉僻壤，荒山野徑，我們累了就熄火休息。感謝它幫助我、支持我；它也替我載了很多別人丟棄或撿回想要的素材。偶而提筆習書或勞其筋骨，餓其體膚，完成自己為生活而工作所得到的樂趣。偶而思緒起伏，心湖湧起吶喊，山海享天然，浪濤飛舞不疾不徐，林間蟲鳥鳴醒大地，自我欣慰，這就是我在這裡的生活。

鹽寮感覺結果：一個人的生命力、意志力和心靈拚命在燃燒自己、找尋自己的理想，使夢想成真，活在自己的堅持和選擇的痛苦掙扎中，為自己的夢想成真而奮鬥，為自己想要的我，滿懷熱情的生活情趣，維護身心健康，走出自己的路。

在此再次深深感謝區兄，慶幸自己能在最掙扎的時刻找回自己的天空，並彌補過去父子親情生活的不足，也作為自己四十歲的自我反省和告白，並懷著深切敬畏謙虛的態度努力前進，人生緊緊握在自己手中，只有行動才能證明真正的力量可以培養出來。

周木，花蓮雕塑家。

未完成的旅遊——「生命」之旅

⊙徐文國

民國八十年元月七日晚上九時半，步出花蓮火車站，迎面來的是刺骨寒風；心裡在盤算著，是否會太晚而破壞靈修淨土規律安靜的生活。我不知靈修淨土的規定，直覺告訴我，偏僻的海濱小村，過的是簡樸生活，祈求心靈寧靜而回歸自然的淨土，應該是日出而作、日落而息的地方，一切以大自然的規則為依歸。而此刻時間已晚且寒風逼人，淨土上的人應已避入溫暖被窩而安適的入眠才對。但是，我清楚自己的個性，事情不馬上實行的話，只要再多一天的耽擱我就有可能會更改，而這件事對我又如此的重要；我迫切的要找一個安寧的生活環境審視自己、反省自己。不出一分鐘的考慮，舉手招來一部計程車，告訴司機目的後，隨即疾奔而去。果如所料，淨土人已安歇，敲開門大致說明來意，招呼我於大木屋就寢，就這樣，我進入了靈修淨土。

次日清晨，我見到區紀復，一個我完全陌生的人，蓄著長長的山羊鬍，有點灰白，泛白的長髮零亂的揖在腦後，架著一副近視眼鏡，清明的神態，像一個德高望重的山村長者，一點都不像精於現代科技的學者。

這一趟的目的是想找一個修身養性之地，讓零亂的心能暫時解脫，然後再理出一條路來。用過早餐，大致端詳這個環境周遭，一切都顯得寧靜安適，沒有一絲繁華都市的氣息，心裡作了一個決定：住幾天，理出了頭緒再說。就這樣，幾天不斷的擴張、擴張……。我本存活於山林海濱，對於大自然、泥土有一分永遠無法抹滅的情感，十數年城市的掙扎，使我陷入了極端的痛苦、淪落、酗酒、滋事，不折不扣的成為一個寄生蟲，寄生於城市的黑暗角落。幽暗潮溼，不斷地腐蝕自己，當我感到人生乏味時，生命之火即將熄滅之際，心裡一股悸動在吶喊：「走！走出去！離開這個城市，找一片泥土讓你的心再獲得滋潤！」

在淨土住了幾天，我尋回了自己與大自然的契機，然而，這只是動態的。我只知道如何在野地裡找吃的、用的，怎樣利用大自然來供養自己而已。進而我發現人與大自然那種密不可分的互動關係，那麼的貼切與真情！甚至風聲、雨聲、浪濤聲，都能扣人心弦，讓人省思不已！

人有善惡，好之所好，惡之所惡，而大地從不因你是惡人就不供養你，也絕不因你是好人就對你優厚，她如同母親般的慈愛，將她的奶水均分給她所養育的一切。人可從她身上得到食物，牛羊不也一樣可獲得水、草來養活自己嗎？她的慈愛就如同陽光一樣普照於每一個人身上。

每個人都有一股潛藏於心底的良知與本能，祇因為活在不當的環境裡而無從發揮，甚至無法發掘。而靈修淨土的環境是那麼恬適自然，這裡的生活讓你真正接觸到泥土，使你知道大地與我們的關係是那麼的密不可分，而我們所做的一切竟然深深傷害著它。我們只知毫無節制地從它身上攫取所需要的，卻不知它早已傷痕累累。靈修淨土的生活讓我懂得如何去愛惜它，也讓我深切地反省到自己及人們的無知。而區大哥的慈祥又那麼的真切，這裡的生活純真的足以令人赤裸裸的剖心相識，這又豈是一般人所能體會、享受到的美？

當我領悟更多，對靈修淨土的感情亦更深，而時間就這樣延續下去，一住五個月（到七月底離開時已超過半年）。發現自己正在蛻變，雖然痛苦，但重生的欣喜卻更強有力的支持著我。

感謝上主，感謝區大哥，感謝淨土的一切，賜給我一個新的生命。

徐文國，台北自由寫作者。

再生之旅──鹽寮淨土

⊙邱議瑩

第一次看到有關鹽寮淨土的報導，使那潛伏已久的心被激動引發起來，也許是緣於對「生命」存在的意義彼此在心念上相近，而淨土的主人已經有了實行的智慧和方向，正朝著去做；我卻還在不停的思索和質疑生命的價值和真義中尋找答案。看到那篇報導，給了我一個強烈的引力，但是因為報導的篇幅太少，無法獲得連絡的資訊，所以只好暫時按捺下來，直到有機緣在報紙上第二次看到鹽寮的報導，上面有走訪的指示，雖然不很明確，但我相信能因此而找到。卻礙於工作的牽絆，不能很快成行，只好耐心等待，終於在接受完兩個月的在職訓練課程後，我一口氣請了十天的休假，雖然頗為困難，但我殷切盼望和禱告，竟奇蹟似的獲准了，我如願以償的踏上往「鹽寮淨土」的路。

經過了約八個小時的車程，來到鹽寮時已經是下午三點鐘了，淨土主人已經「上山蓋房子」了，屋裡空無一人，由於行前未能知道這裡的電話，所以沒有事先通知，我一個不請自來的客人，就隨處看了屋內張貼的說明介紹，對這裡的生活方式和理念有了概略的瞭解，坐在屋外的棚下，我想像淨土主人的身貌，思考著該如何介紹自己和說明來意？不知道會不會使主人驚愕或帶來不便？歡不歡迎我這個不速之客？……在思慮中天色逐漸暗了，當淨土主人出現在眼前時，這些憂慮都隨之而消失了。區大哥他一身簡便的衣著，不加修飾的鬍鬚，親切而善解的目光，不疾不徐而又中肯的言談，平實的外貌下有一顆裝滿智慧、仁愛、寬容和易於接納別人的心，更讓我驚訝的是他有一種令人佩服的敏銳觀察力。

在等候他回來的同時，我感受了這片淨土——寧靜、樸實、祥和，放眼是一片青綠的山和一望無際的大海，耳邊是風吹、樹搖、蟲鳴和浪濤的聲音，整個人溶進了大自然的懷抱，天地變得和自己如此親切，心靈感到無比舒暢，宇宙如此浩瀚奧妙，忍不住要讚嘆造物者的偉大並且感謝這一切的恩賜；人是多麼渺小，不過是宇宙間的一粒細沙而已啊！此時此刻深深覺得人其實是與大自然「相依為命、同生共存」的。

到鹽寮淨土過著的是平實無爭的「出世」生活，但是卻有「入世」的情懷，這裡關心社會、積極推動環保、關愛每一個人，並且也歡迎任何人來，不分性別、年齡、宗教、國籍，從各方來的人熱切的在這裡交流，大家坦誠相見，彼此關愛如一家人，從互相談話和意見交換中學會寬容和接納，學習傾聽和溝通的態度，吸取彼此的優點讓心靈成長，因此而使我們懂得什麼是「惜緣」。

瓢泉而飲，用一桶水洗澡，用適量的水沖馬桶，用不會汙染水源的肥皂洗衣服，減少廢水的製造排出；洗滌髒汙也有訣竅，一盆水先洗清爽再洗油膩，雙重利用之後再拿來澆花，每一滴水沒有絲毫浪費；果皮、菜屑用來堆肥，回歸自然，把簡樸和環保落實在實際生活中而懂得什麼是「惜物」。

這裡沒有糖果、汽水、零食等垃圾食物，也沒有地球不能消化的保麗龍；塑膠袋無法免除，一個袋子重複使用到不能再用了才把它縮成一小團，使垃圾的製造量減到最少，減輕地球的負擔；三餐吃的是最合乎健康的糙米、豆類和應時的青菜水果，吃多少拿多少，不貪多，不但吃出健康也吃出愛來。另外為了容納更多來這裡的人，我們在離淨土不遠的山上幫忙蓋木屋，一磚一木、一釘一鐵都有大家的心力和汗水，從勞動中學會了感恩和「惜福」。

到海邊走一趟，看看澎湃雄壯的浪潮沖刷琢磨著每一顆石頭，你會發現這裡的石頭顆顆潤澤光滑、各有乾坤，愈是讓人體會了宇宙的浩瀚無窮，愈使人相形見小，更是要謙卑了……。

大自然的青山綠水是最讓人賞心悅目的圖畫，人只要自然搭配就是一幅美麗動人的畫面，毋需彩妝和華服；宇宙中萬籟的聲音是最清脆悅耳的音響，聽之心曠而神怡，敲擊則顯得多餘。在這裡幾天住下來，感覺自在而適然，儼然自己已成了鹽寮人。有人問：「這裡煮一頓飯要燒灶，不會覺得麻煩和困難嗎？」事實上升火起灶是人最原始簡單的起居方式，只是現代人都太過於依賴科技的東西，把生活複雜化，其實這種方式只需再學習，幾次以後便可駕輕就熟。

來這裡的第一天開始，我要求自己斷食三天，一為對自己表示誠懇的心，二為磨練恆心耐心，三為體驗飢餓。三天下來只有喝水並且參與勞動，區大哥擔心我體力不能承受，關心的問我：「還好嗎？」而我精神飽滿、氣色紅潤就是最好的回答。區大哥再問我：「是什麼力量的支持使你能夠實行三天的斷食？」當時我無法回答，但是現在我卻可以明白；原來，當一個人能夠撇開自己，為更多的人設想和服務的時候，心靈會感到無比的充實和喜樂，突然間覺得生命因此而有了意義和價值，而且有一股無形的力量充滿心靈，使你不會感到疲累。

到鹽寮走一趟，不但能紓解你長久的壓力，安撫你苦悶疲憊的心靈，也會使你對於人生有許多頓悟，對生命有全新的看法。人其實在身體及生活上的需求並不多，實際需要的只是過簡樸自然的生活；生命渺小而短暫，名利和學問求取不盡，也無法滿足我們的需要，人赤裸裸的來、空空的回去，帶不走一錢一物，人生真正要追求的不是那些短暫的名利和填不滿的物質慾望，而是「恆久的快樂」

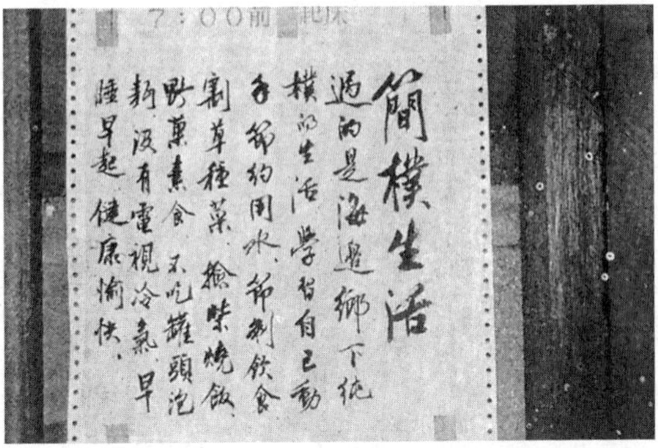

簡樸生活

和「具有意義的生命」。

我經常想著一些問題：人的物質生活提高了，科技和武器精進了，各種聲色的享受不窮於眼耳，生活的富足只需伸手可得，但是為什麼人擁有了這一切之後，心靈卻更加虛空貧乏，人與人之間更冷漠，距離更遠，犯罪和暴力不斷、社會問題愈來愈嚴重，教育亮起了紅燈，就連人生存的環境也遭受到毀壞，廢水汙濁了河川，喝的水要一瓶一瓶的買，黑煙染灰了天空，保護我們的臭氧層逐漸破損，人的免疫力因而受到威脅，是不是有一天我們呼吸的空氣也要一瓶一瓶的買呢？再看海洋生態因著人為的因素而大亂，豐富的資源也將取盡，專家開始呼籲：趕緊實施生態保育和維護自然環境……。

事實上，大自然原來的環境和人的生存是息息相關、密不可分的，人不但沒有珍惜反而破壞它，大自然若毀壞了，人也難逃亡滅的命運。科技的進步雖然帶給人便利，但從長遠來看，它卻會摧毀人類，為什麼人還要繼續走在絕路上呢？追根究底的想，我在鹽寮找到了答案，這些問題的根源乃在於「人」和人的那顆「心」，人心已經被太多的慾望、罪惡層層蒙蔽住了，在金錢、名利、物質的洪流中迷失了自己，人汲汲於追求自己的利益不能知足，那顆心被慾望和貪婪腐壞了、墮落了，而那與人關係最密切的自然環境則是最直接的受害者。

人應該開始警醒了，需要重新省思自己、面對自己，不單要淨化這個生病的社會，也要淨化我們生存的環境，最重要的是要淨化我們的「心」，把它層層打開洗淨並且要把真、善、美的性情發揚出來，人與人、與萬物之間只有坦誠相愛和平共處，沒有汙染和爭鬥，心靈才有恆久的喜樂平安及滿足。或許有人會說「那是超乎現實的理想」，但是在花蓮的鹽寮，你會發現真的有這樣的一片淨土，這裡河水清澈，空氣清新，人們淳樸善良，和藹可親，生活樸實和大自然相互融合，而且有一位發心於此、身體力行的人，他把這種樸實、大同的理念落實在生活中，並且全心推動它，那就是區紀復區大哥，這個理念正在這裡慢慢發芽成長中……。

——八十三．三．二　台時副刊

邱議瑩，高雄專職護士。

一種綠色的生活方式

⊙范燕秋

提到花蓮，很多人去那裡是為了欣賞壯麗的自然景觀，名聞中外的太魯閣峽谷。也有許多人感佩證嚴法師的慈濟事業，去瞻仰她的精舍、聆聽她的開悟。現在，更有人是去拜訪一位獨特的人士——區紀復，去體驗一種新的生活方式。這三者各有吸引人的地方，峽谷地形是百萬年地殼變動的奇蹟，大自然力的展現；慈濟精神是千百年宗教博大精神的內涵。而區紀復在鹽寮將近三年，他創造的生活方式，塑造的獨特天地，如何成為吸引人的力量？以我個人去鹽寮的經驗，很真切感受到他力量的形成。

二年前——八十九年暮春，我第一次去鹽寮，那時並沒有一個完整的格局可稱為「靈修淨土」，唯一的一棟木屋是「居食之所」而已，訪客一多，得借住鄰居孟先生的茅屋。但重要的是——區紀復已在鹽寮這海邊開展出一種新的未來。這裡的自然環境頗有特色，東部海岸線上，背山面海的坡地，山勢平緩而大海壯闊，是人文創造的先天、自然條件。而區也引導來訪者（我們這群朋友）去觀察、體會大自然，「她」是生活力量的泉源，所謂自然的、簡樸的、靈修的生活是從「她」開始的。

於是，清早的瑜伽，活動筋骨，且凝神諦聽自然天籟。到海灘搬石頭作建材、撿殘木當柴火，或欣賞那奇石怪木，體會人與自然的關係。除草、劈柴、爐灶生火、炊事，人要勞動、要接觸自然。節約用水、不用塑膠製品；採野菜，自製食物，盡量食用自然的、不加工的食品；食物殘渣回歸自然——堆肥，太多與都市生活的消費方式大異其趣，都是一種衝擊，提供種種省思的機會。

今年（九十一年）五月中旬，再度造訪鹽寮，山海間風光依舊，而「靈修淨土」已然成為自成格局的小天地：三棟木屋圍成狹長形的園地，主屋間前搭起瓜棚，棚下方桌一張、木椇一組，右前方瞭望台一座、池塘一漥、菜園兩畦，園地內錯落的木雕、石雕（均天然的），別有趣味。區紀復說所有建設都是集眾人的心力投注而成——這顯然是社會力的縮影。當然將他們凝聚起來的是區紀復。

而後有整整的一週，我細細體驗「淨土」豐富而自足的生活。這段時間內，陸續有人來訪——帶著不同的期待與需求，區說報章、媒體報導過這裡的生活，慕名而來的人很多，但他期待的是更多有心來瞭解的人。我想他希望來訪者會有所體會吧。由於許多背景與動機不同的人前來，鹽寮的包容度更大了吧！

這次我對鹽寮的簡樸生活感受更多。大清早大伙兒迎著海上的旭日練著瑜伽，與大自然交換氣息。晨曦中「咯咯咕咕」的叫喚聲是母雞下蛋的前奏曲，之後就等著到「固定的草堆」撿土雞蛋，準沒錯！一伙人齊動手揉麵糰、做饅頭，忙得不可開交；西瓜皮去表層、洗淨、加鹽、糖、醋，即成生菜沙拉，清爽可口，自製的味道真不同凡響……。每餐飯前高唱一曲聖歌、悅耳動聽、溫馨感人；瓜棚下對著藍天大海用餐，那更是神仙般的享受了。淅哩嘩啦一陣大雨，趕緊拿出大小桶子接下沿屋簷流下的雨水，好沖廁所用，節約用水啊！白天的勞動、作息，晚餐休息後更是自由分享的時刻，以真誠相互激發、思考相互激盪，是小團體深度的溝通與瞭解，也是促成心靈成長的動力，區紀復是一位智慧的導引者。這樣的地方、這樣的人、有著這些奇妙的事怎不引人入勝呢？

區紀復的鹽寮淨土是一個相當開放的空間，訪者可以自由的去來。為何他要過這樣獨特的生活方式、又提供如許自由的空間？他追求的是個人的獨善其身還是有更大的宏願？這是我不斷思索的問題，在幾度與他討論之後，我肯定的是：以整個台灣（甚或世界）的自然環境及社會人文的現況去衡量，就突顯出他在鹽寮的意義——當我們因經濟的發展而昂首闊步時，相對付出的代價是因過度開發破壞自然、汙染環境，而威脅多少生命財產的安全；當我們習慣於方便、舒適、

「用一次就丟」、轎車、冷氣必備時，那只好生活在處處垃圾、烏煙瘴氣的都市，再無法享有潔淨的空氣、水。當我們深陷名韁利鎖，追逐金山銀堆，以滿足更多的消費為時尚時，賠上的可能是健康、溫情，或生命的意義與價值感。於是區紀復他決定放掉原來的一切，尋求一條脫離濁流的路徑。在僻遠的花蓮淨土當一面鏡子，一面鑑照都市文明病態的明鏡。

區要人回歸自然，重新體會人與自然，人與人之間的關係，人如何尊重自然、適應自然、不依賴科技、不過度耗用資源、過簡單卻有深度的生活……。

從個人的覺醒到社會的革新是一條漫長的路，區開創的就是一種緩慢、漸進而深入人心的路徑，短短三年，在台灣社會樹立一種新的生活典範，形成一股不斷提醒人心的力量。

——八十·三月　新環境月刊

范燕秋，花蓮師範學院社會系講師。

不一樣的生活方式

⊙鄭玉貞

手中握著那一顆顆從花蓮帶回的白淨石頭，讓我再度回想起那段體驗另一種生活的日子。

八月末的一個早上，我懷著一股好奇的心情和期待與「成長」，一行人搭乘莒光號花東列車，直駛那片人稱「靈修淨土」的鹽寮。

約莫午後二點多，我們順利到達靠山面大洋的「鹽寮」，迎接我們的是這地方的主人——區紀復老師。記得尚未來到此地之前，曾聽說來到這裡不可「大聲喧譁」。聽到這樣的規則，曾讓我一度想像主人是個不苟言笑的人。但是，當區老師有說有笑地向我們介紹環境時，他的親和力消弭了我先前心中對他的畏懼，原來他不僅是一位為保留淨土而努力的修士，更是一位平易近人的長者。

區老師簡介過環境後，我四處看了好一會兒，發現了幾張張貼的字條，我一項又一項地讀著它所寫的「生活方式」，讀著讀著我開始擔心自己的不適應。因為這些「生活方式」和我曾有的生活方式實在有著頗大的差異。

第一次使用廁所時，廁所門板清楚寫著「使用方法」，其中一項內容大概是「小號用桶內髒水沖馬桶，大號後壓抽水馬桶」。可是，二十年的生活經驗，讓我一時忘了這兒的「生活方式」，一上完廁所便順手拉了水箱的水。頓時水嘩啦嘩啦地宣洩而下，當時的我如同做錯事般，不敢踏出廁所，直覺得對不起這些水，又深怕區老師就在外面，因此只好待水箱滿了，再「若無其事」地走出來。現在回想起當時的心情真有趣，也深深體會到區老師對資源利用的一番苦心，更不禁自省個人對資源的愛惜又盡了多少心力？

這裡的飲食以清淡為主，在量方面則是「早餐八分飽，午餐七分飽，晚餐六分飽」。這樣的飲食方式，對我這個向來主張質量都要滿足口慾的人，實在又是一項挑戰。吃著那些清湯糙米飯、饅頭、豆渣餅，我似乎無法樂在其中地享受這裡所謂的「美食」。更擔心吃三天下來，五臟廟如何撐得下去？

第二天，早餐過後，我們便在區老師的帶領下走了好長的一段路去溯溪。在回程的路上，肚子早已耐不住地咕嚕叫，當時實在餓得受不了，為了滿足一時的口腹之慾，只好獨自去「打野外」。此時此刻忽然覺得「炒米粉」、「豬血湯」才是人間美味。也在那時才在腦海浮現出非洲飢民的困境，更深深感受到我們的物質生活是否過於優渥？到底我們珍惜了多少？又浪費了多少？

雖然這兒的「生活方式」，對向來物質不虞匱乏的我來說是一種挑戰，但是回到台北的現實生活中後，我仍不時懷念嚮往這樣的一種生活。

對一個生活在都市塵囂的台北人來說，一切向錢看，追逐名利權勢的價值觀，和奢靡浪費的生活方式，已汙染我們的生存環境，讓我們不知不覺地就在忙碌中迷失了我們的真心，錯過了生活情趣的享受。然而鹽寮環境的自然、樸實，確實給我們這些忙碌的現代人一個心靈歇腳的地方。

來到這裡，你可以遠眺那一望無際的太平洋，望著一波又一波的朵朵浪花，聆聽海浪翻滾一粒粒石頭的自然樂章；來到這裡，你可以享受自己劈柴、生火炊飯的樂趣，體驗挑水、割草的經驗；來到這裡，你可以在星光月影的伴隨下與三五好友談天說地，與大海合唱著一首又一首屬於你們的歌。總之，來到這裡，你可以享受到回歸純樸、自然、喜樂、平安、高品質、有靈性的生活。

短短三天的簡樸生活，我不覺得它有所謂的苦，只覺得自己是在體驗另一種生活。雖然有所不適應，但在體驗之餘，我也會再去想，我們是否該更惜福了？上天賦予我們這麼多美好的事物，無論是山光水色、鳥語花香，甚或物質的富裕、生活的便捷，當我們在享受之餘，是否也該為這些美好事物盡點「珍惜」的心意？

——八十．第二卷．第四期　成長幼教季刊

鄭玉貞，台北，幼教老師。

滴水惜無限

⊙陳雪雲

有人稱「鹽寮」為「環保教育室」，而那兒的主人區老師稱它是鹽寮，「鹽」在聖經裡有防腐、調合之意，而「寮」就是小茅屋之意，祝福成為「地上的鹽」，而我稱那兒為「靈修佳美地」，在那兒你可以盡情享受主所創造的大自然之美。

初次來此感受到與都市全然不同的生活方式，過的是海邊純樸的生活，學習自己動手割草、撿柴、劈柴、鋸木、挑水、用灶炊食等勞動工作，食的是自種的野果素食，沒有冷氣、音響，早睡早起，享受與天地萬物共融之情。登高遠眺太平洋之雄壯，溪谷涉水覓清泉之幽情，大自然一切美好都映入眼簾。

這兒的生活凡事講求節約、回收、再利用，減少垃圾的製造，無怪乎有人稱之為「環保教室」，而區老師希望來這兒住過的人都能體會簡樸生活，愛護環境，不製造汙染，提升環保意識。「石中見世界，花草現天堂，滴水惜無限，大海悟永恆」是區老師的領悟。

在鹽寮短暫的三天生活，全然改變了我的生活價值與模式——自備購物袋上街購物、拒絕使用免洗餐具、選購可回收或再利用的飲料容器、簡單的垃圾分類、丟棄垃圾時絕不把可燃燒的垃圾丟進不可燃的垃圾桶內、每天過規律的生活、固定時間晨跑運動、積極參加環保研習，這一切的改變都始於我去過花蓮鹽寮這地方。

沒有「鎖」的地方

⊙鍾麗文

回來以後，左思右想，覺得在「鹽寮」那裡好像少了什麼，是一種聲音？還是一種東西？想不出所以然來，於是放棄，繼續過日子。

今天要回家（南部的家），才使得幾個月來的迷惑，得到解答，原來是那「砰」的一聲，關上門的聲音。

在鹽寮，有大大的框海的窗、瓜藤搖晃的迴廊及無鎖的屋子，當然還有區先生平靜的笑容和眼睛，使得住在裡面的人，感到心平氣和。放下忙碌的心，到處閒晃而不覺無聊，又同時直覺到很多事可以做（如劈柴、除草、撿石頭等），叫人忙碌得如此閒適，真是一種神奇的經驗。

就這樣我的時間觀念變得很奇怪，一個下午的歌唱及假寐，可以長得沒有盡頭……

回去時，看著區先生跳摘欖仁樹上的果子，用天真的笑容及欖仁為我們送行時，又覺得吃驚，哎呀！竟然要回家啦！

這樣一個沒有鎖的地方，它的財富是不怕被偷的，可能是潘朵拉盒子裡尚未逃逸掉的東西，對我來說是既遙遠又真實，因為它不是桃花源，而更像是失樂園。

鋸木頭的聲音

⊙王淑玲

一直覺得自己不適合生存在現今的社會，總想回到過去，回到古老的年代去生活。好想好想拋開都市裡的包袱，投入一個無爭、自在的生活環境。

當得知要去花蓮鹽寮過「苦行僧」的生活時，心中並沒什麼特別的感覺，待說明去過「自給自足」——拾柴、鋸木、用灶炊煮、燒水等勞動的生活時，心中煞是歡喜。

第一餐我們這組負責，因為小時候常生火煮開水。所以對生火略具信心，就志願當伙伕。看到灶的第一個感覺像是小孩玩辦家家，實在和我經驗中的灶比起來小得太多了。

在灶的火光中，我回到了幼時的歲月。祖母拿手的鍋巴，用鏟子將鍋巴輕輕地在鍋子上鬆開，灑上豬油、鹽巴，有時是糖。只記得好香、好香，好喜歡吃……「火太大了啦！」太沉浸於過去的歲月裡，竟忘了大家的晚餐全操之在我。這兒的主人——區先生告知——這樣用柴火太浪費了。天哪！以前從來不考慮這些，只想要趕快將水煮開罷了。我對主人的諄諄告誡，有些不耐煩。不過，終於完成了第一頓晚餐，大家似乎頗為滿意（不知是因饑餓而覺味美，抑是真的味美）。

在區先生主持的環保幻燈欣賞中，看到文明社會遺留的汙染及垃圾的數目，實在驚人，也看到國外對環保的一些做法及改善，心中直覺想到——趙少康，希望在你的魄力與努力推廣下，台灣也能勇於突破！

沒有文明產物的地方，時間忽然多出好多，九點就要就寢，這是多久以前的事哪！在海浪拍打海岸聲的催眠下，有人睡了，有人捨不得這樣的美景，有人禁不起月光的召喚，要往露天泉水處去沐浴……。

在沙灘上漫步、狂奔、扭動肢體，面對大海凝視日出，與海浪產生共鳴等，這只能是夢想中的事，我居然也做到了。

清晨鋸木頭時，聽到鋸子和木頭交會發生的聲音，讓我想起一段熟悉的節奏，它吸引著我接近鋸子和木頭。我讓這段節奏重現，額頭、身上冒著汗，眼中的「汗」也因著心中的難過而在眼眶中打轉……在這段節奏不斷地重複下，兒時父親在鋸木頭的景象浮現了。那是為著生活必須打拚的活兒，那時在旁駐足躍躍欲試的我，只覺好玩，並不瞭解其中的辛苦。年幼時家中經濟狀況並不佳，孩子又多，如果……如果，現在的我能回到多年前，去幫父親，他將不必如此辛苦呀！

看到他人喜孜孜的嘗試，不好掃興，趕緊將此情緒收錄在自己心中。

短短的三天即將結束了，對某些人是喜悅，對我而言仍有些遺憾——好不容易完全放鬆的身心，又要被時間綑綁了。如果能夠，我願意回到二十年前的生活方式，物質生活雖較貧乏，但我的精神生活是豐富的，我的生活環境是淨美的。

在鹽寮除了讓心放逐之外，也得了許多環保的觀念。其實，愛物惜物，不就是環保嗎？觀念的取得極易，落實在生活上較難，而抱持堅持下去的毅力更加困難。

回台北之後，真正讓自己減少垃圾的製造，但在大環境的影響下，似乎有非常無力且孤單的感覺。我的力量雖小，但我知道仍有和我一樣的人，在為美麗的地球而努力，為了不讓這些人感覺到寂寞，我會和他們一起努力的。

——八十．第二卷．第四期　成長幼教季刊

劈柴

從勞動中體會生活

⊙文文

自從由國外回台後，由於感情的困擾及父母的高壓政策使得我很痛苦，很為難，有二週時間，幾乎從來不哭的我變得像那關不緊的水龍頭。這樣的日子，在我來到淨土後才轉換了過來。

在來淨土之前，心裡有些不安，一方面是因為偷偷的逃離家人及「他」，另方面是不知道這是什麼地方，而感到惶恐。但我已快接近崩潰，我極需逃離那些愛我卻不知如何愛我與尊重我的人身旁，秀秀說：「鹽寮可以使妳安靜」，所以鼓起勇氣，提起行李，留下紙條，便毅然的來了。

剛到鹽寮時，只想安靜及封閉自己，所以面對占據很多時間的勞動及分享，還有很多新生活、新習慣的學習，都很不習慣，有時在工作到很累的時候，甚至會懷疑自己的決定是否是對的。但隨著每天的勞動、體力的增加，以及與人和大自然的交互中，慢慢的愈來愈喜樂了。也漸漸的欣賞並喜愛這樣的簡樸生活。（除了些無法避免的小昆蟲，如蟑螂、蜘蛛等，尚未能接受外）。

我開始撫平自己受傷的心，開始打開自己，從勞動中學習體會生活的真實，從飲食中感受生活的簡單，並從分享中吸取並思考人與人的差異與生命的豐富；而區大哥你的話語也常如海濤般沖去了我心中的塵埃，並帶來新鮮的活力。

雖然我即將離去，再度去面對問題，但是我永遠不會忘記在我受傷的時候，曾經有個地方，有個好人使我不再哭泣。並使我感受到另一股的生命力。區大哥，我真的好感謝你。雖然你不知道你對我有多大的啟示，及你的不追根究底帶給我心靈的自由。

我會再來的。也許是傷痕已癒，也許是另一道傷口，但不管如何，我希望下次能做個好一點的學生，不要像這一次老是做錯事。

充實心靈的糧食

⊙雲雲

台北擾攘的生活，下班擁擠的公車、上班混亂的交通、冷氣房裡運轉不停的冷氣、室外炎熱的空氣，我所生活的台北是一個令人窒息的空間。

記得有晚思緒混亂，我和瑞蘭躺在床上談論著「遠離台北」，找一個地方好好的過日子，談到最後的結論是：我們都沒有像區老師那股的勇氣。我們所缺乏的正是那股擺脫「自然律」的力量，我們太習慣被這都市的定律所綑綁，每天日復一日上班下班，混亂的交通雖無法忍受，但卻極其無奈。當外在環境無法改變時，就祇能充實心靈裡的糧食，讓自己有足夠的力量去面對外在的一切。

傳統價值觀不是金科玉律

⊙小英

十分典型的上班族出走心情，不清楚要找些什麼，只是「又」想要去看看不一樣的世界。我選擇花蓮鹽寮，只因一張耕莘文教院的文宣上得知可以過過「現代陶淵明」的生活。

邀妹妹與三位朋友，都是處在生活的突破邊緣界，都是我平日關切但疏遠的人，五天四夜生活體驗下來，我們一行五人都有個「個人版」的豐富之旅。回來後老是想到您的身影在山澗、土地、花草間，靜靜地默默地為自己的大同理想耕耘。

我變了，先生說我溫和成熟許多，我自己感到平安與喜樂。了解人生不必庸庸碌碌匆匆忙忙，傳統的價值觀不再是金科玉律，大地給予我們許多種生活的選擇，態度正確，行為呼應，生活自然改變。我心存感激地願與眾人分享。誰料這突發的出走竟是個意外的聖誕禮物！

鹽寮是不問世事逃避現實嗎？——答玉珍

⊙區紀復

鹽寮之友第二期來函分享最後的一封信，李玉珍說：「在雲林鄉下黝黑的老人和小孩，終日忙碌，無暇體驗簡樸的生活和大自然的生命力，更不能過著悠閒的生活。」

的確有不少人是如此，但我們要問，為什麼他們不能體驗簡樸悠閒的生活和大自然的生命力？他們忙碌為了什麼？只為餬口？在台灣大概沒有幾個得不到溫飽的人，如果有也是很少數。抑或為了追求更多的物質享受？玉珍說：「他們所想的是如何讓家計更好。」但所謂更好又是什麼標準？其實人都是在為滿足慾望而忙碌，如果慾望訂得很高，無法達到，就會不快樂，就算達到，像那些有錢的人，也不一定活得快樂。如果慾望盡可能放低就容易滿足快樂，「知足常樂」就是這個道理。孔子的弟子顏回只有一簞食一瓢飲，也不減其樂，就是最好的例證。

玉珍又說：「中上階層的人，也就是富有的人，希望能過繁華的生活，即使他們過了幾天休閒簡單的生活，回到現實中，還不是一樣汲汲營取。」

的確這種人也不少，但是他們如果用心認真的體驗幾天鹽寮式的簡樸生活，雖然回到都市繁華的環境裡，這種簡樸生活的精神還是對他會產生作用的。我就聽過不少人，他們都可算是中上階層，比較富有的人，在鹽寮住了幾天之後，回到城市的家裡，就會有惜福之心，比以前節約、不浪費，這就是鹽寮要達到的目的。

玉珍還說：「鹽寮的生活，不問世事，有點逃避現實生活的心態。」

我想大多數來過鹽寮的人，住過幾天之後，都不會有這種想法。表面看，或者只是過路的人，容易有這種印象。鹽寮淨土依山傍海，遠離塵囂，是一個出世的環境，但是這裡關心的卻是今日社會最嚴重最難醫治的病症——慾望、貪婪、爭逐、忙碌……並且找尋解決的方法，是一種入世的工作。鹽寮開放給「任何」懷有善意來的人，對有懷疑態度、好奇、觀光、遊客也沒有太拒絕，這不是不問世事、隱居的人願意做的。

鹽寮藉著一種簡樸的生活方式，提倡一種簡樸生活的精神和態度，讓來的人經過幾天體驗、反省、深思之後，能體會到這種精神，帶回到本來的日常生活中去，培養出一種同樣的生活態度，建立一種新的，或者說與都市人不一樣的人生觀和價值觀，在自己的生活中實踐，進而影響周遭的人。如果在都市一段日子之後，精神漸漸低落下去，又故態復萌，鹽寮隨時準備歡迎他們回來，加油也好、充電也好，使他們能再提起精神來。

《鹽寮之友》的出刊其實也是為了這目的，使不能再來的人，仍能接觸到「鹽寮」，達到提醒、鼓勵的作用。

記者眼中的鹽寮

真不敢相信這裡真的那麼「淨」，
除了大自然給予的清新乾淨外，
要算每顆來此求心靈潔淨的人心了。

難得一無所有

⊙林麗雲

朋友從花蓮回來告訴我，有個人名叫區紀復，獨自住在鹽寮海邊，進行「簡樸生活」的實驗。這種生活的基本概念是：不要讓消費主義牽著走，不要一味追求物質享受。他自己撿柴、起灶、燒飯，自己種菜、除草，十幾年沒進理髮廳，身上穿的是舊衣服，幾年來從不換新。模糊的記憶裡，二十年前住在鄉下的祖父母也是每天這樣過日子。

可是區紀復和我祖父母有些不同。我祖父母所過的簡樸生活，是相應於物質缺乏和現實條件，而區紀復卻是對自己生活信仰的選擇。他自台大化工系畢業，留學瑞士八年專攻高分子化學，回台後任職於台塑關係企業，南亞塑膠研究部主任。這些都是我祖父母，甚至我父母眼中欽羨卻不可得的富裕條件。

拒絕垃圾噩夢

花蓮鹽寮海邊，三間木造平房，被命名為「靈修淨土」。年近五十的區紀

飯前

復，神采清爽沉靜，正在水槽邊整理著從鎮上買回來的食物。他挑出乾淨的塑膠袋，捲成一球丟進抽屜，然後再把弄髒的塑膠袋洗乾後鋪在灶鍋上晾乾。一星期上街一次的區紀復，總不忘隨身攜帶塑膠袋，他這樣計算，倘若一星期減少十個大、小塑膠袋，那麼一年就省下四百八十個塑膠袋。

他也嚴格力行垃圾分類，可腐爛的放一袋，可燃燒的放一袋，而且不准外來者攜帶塑膠用品，包括保麗龍、保特瓶，及任何罐頭，區紀復驕傲地說：「在這裡，一個月頂多只有一小袋垃圾，有時甚至沒有。」

研究高分子的區紀復，深深了解塑膠是現代人的垃圾夢魘，因為它是百年無法分解的纖維。當初也是緣於對塑膠的認識，才慢慢發展成今日對生活的選擇。

「幾年前，台灣出現嚴重的垃圾問題，例如：內湖垃圾山、垃圾大戰，一時間垃圾問題、汙染問題全冒出來，大家都不要垃圾，問題是垃圾是大家製造的。」

為此，區紀復和幾位朋友經常聚在一起，討論汙染的問題，在多次翻閱汙染報告資料後，他覺得很尷尬，因為南亞化學工廠就是數一數二的汙染工廠。

不再當老闆的幫兇

「我覺得自己像個幫兇，幫老闆製造汙染，處在那種環境，內心很衝突，因此寫了兩封信給王永慶，希望他撥些錢改善汙染問題，可是都石沉大海。朋友笑我，要我放棄改變老闆想法的企圖，我想也好，既然不能改變現狀，只好選擇離開。」

區紀復以尋常口氣說完這段生活的抉擇，聽起來好像只是決定一頓飯般的輕易，可是當時他並不清楚離職後要做什麼，加上優渥的待遇、受人欽羨的職業地位……，這些現實的金箍圈如魔咒般，讓他下不了決定，掙扎了半年多，才勇敢地摘下那圈金箍。

離開南亞後，區紀復一直沒有工作，他嘗試各種不同生活，試圖為自己的生命摸出一條路。這中間他出了三趟國，第一趟到美國看垃圾處理，第二趟是到歐洲參觀一些老人、殘障機構，同時拜訪一些過簡樸生活的修行者，第三次是參加教會的國外進修。

累積了不同經驗後，他發現文明科技極度發展下，環境汙染並非最嚴重，人心的汙染才是一切罪惡的淵藪，因此要根本解決汙染問題，必須先從教育做起，而且是一種「簡樸生活」的教育。

於是前年十月，區紀復和幾位朋友找到了鹽寮海邊搭蓋三間平房，成立了「靈修淨土」，做為他們「簡樸生活」的實驗地，但由於其他人都有現實上的考慮，所以暫時交由區紀復進行實驗。

用雨水沖馬桶

在實踐過程中，區紀復一次次發現「簡樸生活」只是個概念，卻沒個準則；例如：在蓋廁所時，同伴建議應該貼磁磚，因為好清洗，可是區紀復覺得水泥就夠了。此外，從生活中，區紀復一步步有些新發現：「最近經常面對物與人的關係，就覺得書是可以不要的，畫是可以不要的，當我想到這也不要、那也不要時，心頭的牽掛愈來愈少，自由也變得愈來愈大。」

說到這裡，一陣急雨嘩啦啦地往下潑灑。只見區紀復匆匆地從浴室搬出了兩三個黃桶子擱在簷下接水，大小桶子一眨眼就接滿了，我提著手問他做什麼用，他說：「放在浴室，可以沖馬桶。」

浴室很大，沒有澡盆、沒有蓮蓬頭、沒有垃圾桶，只有一口塑膠袋擱在角落，很簡單可是很乾淨，馬桶上的素牆貼了一些小紙條，紙上寫著「大便沖一次，小便沖半次，請節約用水」及「請善用雨水沖洗馬桶」。水龍頭下則放了一只漱口杯，專接偶爾滴漏的水。

中午吃飯，我負責洗菜、切菜、炒菜，攝影師詠捷負責起灶，我拎著菜愣在

靈修中心：晚上分享

水槽前，因為水槽有兩個，各放一只塑膠臉盆，看見牆上的指示條才知道，一邊沖油水，一邊過清水。如平常作業一般，我手握青菜，扭開水龍頭，嘩啦啦地洗著菜，區紀復卻一個箭步搶過來關水，一邊關一邊說：「這樣洗菜太浪費水」，我彷彿做錯事般地縮手看他心疼的表情，區紀復教我先在油槽那邊放一盆水，洗完菜後不要倒掉，因為可以洗碗沖油水。

一仟塊就能過一個月

住在鹽寮三天，我們吃野菜、野木耳，吃隔壁送來的瓜果、玉蜀黍；一盤清炒芋頭就吃了三餐，有一次區紀復還做了豆渣餅，這樣的生活，區紀復說一個月只要一仟塊錢。但我認為：當人類習慣了方便、舒適、享受的生活，要他重新回頭來過「簡樸生活」，太難了。為此我問區紀復花了多少時間來適應？他仍是一臉尋常地說：「我搬過來就適應了，因為我在南亞工作時就開始過這樣的生活，包括垃圾分類、門窗不鎖、珍惜資源、吃食簡單。如今只是換個環境，換個工作而已。」

區紀復幾乎和太陽同時起床，靜坐或者做瑜伽，然後洗刷乾淨做早飯，早飯不一定每天做，有時前一天就做好二天份。倘若太陽不大就開始勞動，第一天我們

鹽寮海邊觀海

一起鋤草，到海邊撿石頭鋪路，第二天我們一起鋸從海邊拖回來的木條、木塊。

中午睡場覺，醒來後看點書，然後摘菜、整理農作，趁著天黑前把晚餐打點好。晚上，區紀復通常是坐在窗前，面對著黑暗中濤聲澎湃的大海，寫點雜記、看點書，或到附近人家和鄰居一起看電視、聊天。區紀復認為一個身心健全發展的個體，應該包含三個部分，勞動、靈修和閱讀。

「靈修淨土」開放給任何個人，任何團體（二十人左右），讓每個人都有機會到鹽寮來體驗「簡樸生活」的一切；但每個來「靈修淨土」生活的朋友，雖然可以享受免費住宿，但是每天必須參與二至三小時的鋪路、劈柴、除草、種菜各項勞動，而且不能攜帶任何罐頭、塑膠類品。

寂寞無所不在

長期下來，區紀復覺得「靈修淨土」除了讓自己實際進行「簡樸生活」的實驗外，還提供機會給別人認識另一種生活的面貌和態度，而且從生活中體會勞動與人的關係。

坐在由木材拼接而成的陽台上，我輕撫著一片片從舊市場買來及四處撿來的木板，心中思索著區紀復白天所說的「惜物」。海風徐徐吹來，我凝視著斜前方透著一方燈光的窗口，窗內的區紀復，想來還在讀手邊寥寥幾本有關生態研究的著作，或者記錄他今天所觀察到的大地變化吧！然而我內心卻如同黑暗中的海浪般洶湧起伏，不斷思索我們在廟堂前散步的對話，我問區紀復：「你一個住在這裡，不寂寞嗎？」他反問我：「難道住城裡就沒有這問題嗎？我們只是在不同的環境下面對相同的問題而已。」

我頓了頓再問：「難道你沒有情慾上的追求嗎？」區紀復略略沉口氣說：「不是沒有，是過去了，那不是我想走的路。那種兩人相伴的人生，對我來講太狹窄了，我希望自己能有更寬廣、更自由的空間和別人交往及做自己喜歡做的事。這是每個人對生命的選擇，就如同過簡樸生活是我的信仰，我選擇了它就去實踐它，想清楚了，就不會有太多的掙扎。」

實踐信仰，落實生活

回程時，我問區紀復：「打算這樣過一輩子嗎？」他微微一笑：「雖然對外說，這是另一種生活價值的實驗，可是一年來我卻把它當一般生活過，日子很平安、很舒服，沒什麼掙扎、矛盾，所以看起來我是蠻適合這樣過下來。未來可能會做些事，推動『簡樸生活』的觀念，但生活態度應是不變。」接著，他反問我：「你認同簡樸生活嗎？」我答得很快：「認同啊！」接著他笑著問我：「如果讓你來鹽寮生活，你覺得可以住多久呢？」我摸摸手掌上因割草而長出的水泡，想了想，心虛地搖搖頭。

思索著三天來生活在鹽寮的點點滴滴，我試圖檢視過去所認識的另一種生活價值。短短的三天，我確實無法完全理解一個生命的迴轉變化，但最起碼我知道，區紀復如何去看待自己的生命價值，如何面對自己的生活抉擇，最後又是如何實踐信仰，落實生活。

是的，當有人得意地炫耀著一件十萬元的貂皮大衣時，我自然也會想起區紀復那略帶自豪的神情說：「看啊！這一大包芋頭，才十塊錢，夠我吃上好幾餐！」

——七九・十一・五　自立早報

——七九・十一月號　張老師月刊

人間淨土

⊙小龍女

真不敢相信這裡真的那麼「淨」，除了大自然給予的清新乾淨外，要算每顆來此求心靈潔淨的人心了。

蔚藍太平洋環抱，巍峨峻嶺筆直矗立，白雲席間穿梭，潔淨的空氣在鼻息間流竄，這兒美得像幅原始畫，一如人類最早棲息的大地。

「她」也像我們小時候常畫的青山綠水白雲圖，小村落炊煙冉冉而升，牛隻羊群就地吃草、雞鴨家禽滿地跑的情景。

四年多前，花蓮縣壽豐鄉鹽寮村還是個籍籍無名的小村落，因為有了「簡樸生活體驗村」，才逐漸熱鬧起來。

以前因為「福德坑」站從來沒有這麼多人下車，而且多半是揹著背包的大學生。有時長途客運車司機先生不知道有「福德坑」這個小站，加上第一次來的人也說不清楚，司機經常將他們載到「鹽寮站」，那是鹽寮村的中心，有國小、民眾服務站、衛生室、派出所等。如果在那兒下錯車的可累了，得往回走一公里才

鹽寮福德坑

是「福德坑」。

因為，常常有人下錯車問路，所以，連派出所員警也知道有這麼個簡樸生活體驗村的地方，附近居民只要看到揹著背包問路，多半會猜是去體驗簡樸生活的。

徒步走回頭路，無形中便成了進入鹽寮村的初次體驗。來這裡已是小村較知名的時候，雖然沒有走長達一公里的「回頭路」，倒也被糊塗的司機在「和南寺」放鴿子，沿途一路問到鹽寮村。

體驗村坐落在山坡上，三間木製小屋分置成倒「L」型，中間有個瓜棚，百香果、絲瓜錯落攀爬，旁邊站著一株洛神花，活似個看家門神，南面有個別緻的「瞭望台」，全由竹子搭建，登高可鳥瞰雄偉浩瀚的太平洋，看台下饒富趣味地綑綁個鞦韆。

體驗村另一處巧思是在瞭望台旁的「地窖」，用石板圍成一個圓，如果個子不高，坐進去剛好可以把整個人淹沒，與四周泥土花草香融為一體，這種味道在都市絕對體驗不到。

這裡的每處設計，似乎都取之於自然，也用之於自然，透露出村裡主人的生活價值觀。順著斜坡走來，初訪者會在一棵大樹前發現這樣的字：「入內應先徵得同意！請拉鈴。」這裡似乎不像都市，要找人必須通過層層上鎖的門才能找到，為彼此尊重，訪客可拉著主人精心設計的鈴鐺登登入室。

由於來到生活村已近傍晚時分，所有在這兒生活的人，正為晚餐共同努力揉饅頭，一屋子大大小小七、八個人圍坐在廚房餐桌前，但是，似乎找不到朋友口述中的主人，後經由身旁的人指點，才恍然得知，並有些驚訝。

他，香港人，虔誠的天主教徒，廿歲負笈來台唸書，就讀台大化工系，畢業後到瑞士進修取得化工國家工程師學位，並在歐洲奉獻所學近八年，而後以歸國學人身分被王永慶延聘至南亞公司上班，從事高科技研究發明，在二十年前，他已是同儕中的佼佼者，王永慶給他一棟漂亮的房子、高級的車子及人人稱羨的高薪。

據朋友說，那時他是位衣履光鮮、風度翩翩、身材豐腴的白面書生，外在優越的條件，想必是許多少女眼中的「白馬王子」或「夢中情人」什麼的。

然而，當初次見面時，他已是年過半百的人，簡單樸實的衣著內，包藏著清瘦的身軀，有些古道仙風，皮膚散發著古銅健康色，瘦瘦的臉龐，配著發亮的額頭，是中國人常說的那種「聰明頭」，兩眼間架著一個大大塑膠框的眼鏡，據他說是近視眼鏡。俊秀的小鼻粱下，布滿不修邊幅的鬍鬚，紅潤的雙唇與炯炯眼神，散發特有的氣質一點也感覺不到「老」，當然，也很難與過去「白面書生」的他，聯想在一塊兒了。

「時間」是上帝給人最公平的一樣東西，全看你如何運用。

在南亞工作了十年後，有一天他覺悟到自己的發明最終竟然是在破壞大自然，這些塑膠製成品，在現今環保工作上已被證實是遺害千年的公敵，由於它們無法被分解，永遠成了地球的包袱。

這樣的自省與覺悟，使他毅然放棄所有的一切，在正值不惑之年，選擇走另一條人生的道路。

之後，他到世界各地雲遊，走看別人怎麼過活，接觸瞭解不同的生活層面，這段期間，他的宗教信仰及大學時即加入的天主教基督服務團是他最大的精神支柱。

在他價值觀改變的期間，台灣因經濟突飛猛進，社會也起了相當大的變化，人們日益依賴科技，生活環境品質惡化、社會道德面臨衝擊、教育出現危機，似乎在經濟改革的大巨輪下，社會病了，而且病情不輕。

五年前的一個晚上，他與三五好友在淡水山上聊天，大家談起未完成的夢，有的想辦所真正的學校，有人考慮如何有意義地過下半生，有人想拯救病態的社會，後來集思廣益漸漸構思成一個「大同村」，而現今所知道的簡樸生活體驗村只是計劃中的第一個階段。

「大同村」計劃主要目的是要幫助每個人都能獲得「全人的發展」，簡單的說，就是過一種與天地人共融、身心靈得以平衡發展的和諧生活。而「仁愛、教育及靈修」是計劃的三大精神，其中所謂的「仁愛」特別指接納老弱殘障被社會疏忽的邊緣人，彼此互助關心，共同生活，並協助他們發揮自己的個別潛能，使生命活得更有尊嚴更有愛。

有了這樣的構思，這群人便真正的動起來，不使美好遠景成為聊天中漫無目的的「空中樓閣」。

而這樣龐大又任重道遠的理想，便由現今的體驗村主人——區紀復負責「總幹事」的掌舵工作。

一九八八年他們在「台灣最後一片淨土」花東地區物色地方，最初是希望要靠山面洋，且有隱密性，但也要有道路可達，最好是山腰平台，面積要夠大，有山泉可農耕種植，也有手藝工場。

老天有眼，讓這群有心人，找到了目前體驗村的地方，由於接手時是一片尚未使用的山坡荒地，雜草叢生、亂石堆積，很難與現今三棟小木屋、廚房、廁浴、餐廳皆備、草木扶疏的景象聯想在一起，「羅馬不是一天造成的」，區先生說要感謝的人太多，而每一個在這裡付出的人，都能從中得到人際間真誠的關懷，享受天地人共融的喜樂，是他最大的安慰。

另外，要謝謝最多的該是區紀復先生他自己，「因為我長期住在這裡，感受最多，領受也最多。」真是施比受更有福。

簡樸生活體驗村軟硬體設施大致就緒是在一九八九年的春天，每項設計都秉持著資源回收、保護環境、節約不浪費的美德，以廁所為例，雖然有三間，但每間的功能特色都不同，空間有分大中小，洗臉台也有高中低的差異，便桶更有坐有蹲，並有為殘障者裝設的扶手。

廚房有個大灶，來此生活的人都必須親自體驗升火、煮飯、燒菜、挑水、撿柴，所吃的東西亦是清湯糙米飯，與都市人，茶來伸手、飯來張口的生活態度大異其趣。

「現代人太奢侈、太物化了，一切病態應從心改變起」區先生的話透著分哲理：「淨化人心病源除」這與證嚴法師的生活觀不謀而合。

既然是體驗簡樸生活，因此，在這片淨土上，除了最基本的東西外，其他設備也盡量簡單，可以沒有的東西都不設置，可以不要的東西也不接受，多餘的也不積存；而來這裡的人可以從簡單的生活中，挪出更多的時間給自己，我在體驗村的四天中，豁然發現自己浪費太多的生命去處理生活瑣事了，太多的包袱該丟的就要捨棄，無論是有形的或無形的。

大同村的第一年大都在做「實驗」，區先生不斷在生活細節中反覆思考與摸索，找出最合乎簡樸、節約、不浪費、維護生態且提升心靈的原則，作為以後的準則，以及提供給來的人做參考。

因此，現在去鹽寮淨土的人，只要花點心思去閱讀，每樣貼在窗戶或大門上的紙條，就可以知道如何節約用水，如何如廁沐浴及保護環境等，而這些正是珍貴的「生活教育」。

記得，去鹽寮淨土的第一個晚上，就為白紙上寫的幾個字，而感動落淚，紙上這麼說：「教導使用手指清理大便的方法……，如果我們能不用衛生紙，就不必砍樹了，該有多好！」，淨土主人這般愛自然、愛人類的胸懷怎不令人感動。

另外，在一棟叫「靜思樓」的兩層木屋裡也貼了一張白紙，上面寫著：「離開前，請為下一個來的人著想，將被單、枕巾清理、清洗走廊……。」

這些在勞動、克己下蘊藏的溫暖的字句，很值得現代都市人在冷漠人際關係中，重新思索定位。而體驗村歷經四年餘，造訪人次不下萬人，仍能持續保持這種精神，不被都市人汙染，這正是「淨土」魅力所在。

事實上，即使在最初第一年的實驗階段，據區先生的統計，就有五百六十五人次來住過，而來訪參觀者也達四百五十四人次。

這些人包括啟智班的師生、文藝界人士、幼稚園的小朋友、家扶中心的貧童、醫護人員、學生及教會團體，有些甚至攜家帶眷多次前來，也有來自海外如：香港、美、英、法、義、菲、紐、澳、比、印度、南非及巴西等外國朋友，真可說是世界大同的縮影。

我想，這樣的人潮，可以證實一件事：人需要彼此被關愛，反璞歸真，一如出生嬰兒依偎在慈母雙手中那樣的安祥純真。

去體驗村的第一天，區先生要我簽名，「簽名？我又不是來作秀」心想簽名幹嘛！「我希望能記下每個人的名字，下回來可以直接叫名字，比較親切，像個家庭。」區先生說。

簡樸生活體驗村經過四年多的實驗與推廣，已建立一種特有精神，來住過的人無論是被大自然感動或對淨土的關懷，都在淨土留下一段痕跡，在區紀復先生所出的「鹽寮之友」通訊中，經常可找到訪客動人的經驗分享，希望來此生活過的每個人，也能像五年前，那群創始人，真正「動」起來，將簡樸環保、友愛靈修的生活帶進現代生活裡。

鹽寮淨土「大同村」的計劃，將如浩瀚太平洋日夜潮汐生生不息，在你我身上共同完成。

——八十二．一．廿一 台灣日報

小龍女，原名龍富桂，現任編輯。

區紀復築一個人間淨土

⊙陳佩周

五年前，搭花蓮客運要去鹽寮的「福德坑」站，有些司機還不大清楚確切的站牌位置。

如今，不但花蓮客運的司機知道乘客該在哪裡下車，連當地的居民，只要看到揹個小背包模樣的人在附近徘徊，就會指點他們說：「往前走，就到了！」

往前走，公路旁的一條小徑直通海邊，海浪拍岸旁，幾間木造的小屋散落在一片草原上，屋牆上白油漆寫著兩個大字：「淨土」，這就到了。

幾年來，每年平均有近兩千人次的人來到這裡，各階層的人都有，像學生、家庭主婦、老師、警察、醫生、公務員、工人、生意人……其中也有來自美國、香港、泰國等地的外國人。他們各自懷抱著不同的動機；有的人帶著個人情緒、家庭或生命的問題，來到這兒希望尋求解答，有的人則嘗試體驗「另一種生活方式」，還有的人則是為了找回失落在紅塵中的自己。

環顧四周，尚未碰到這裡的主人，就已經約略感受到他的心了。

秀麗挺拔的毛筆字，在木屋的牆緣壁間四處飛舞：「江山為主我為客，尊敬自然」、「淨土淨身、淨心淨靈」……海邊撿來的卵石、浮木，堆滿了屋側；屋前的瓜棚下，粗大的樹根木板成了現成的納涼聊天桌椅；入口通道處的大灶，一旁堆著廢紙浮木，上方懸掛著生火起灶的步驟須知；草地上，一座原木高架涼台，是眺望太平洋日出月升的好地點，幾隻雞在四處啄食，不遠處還有一隻水牛正在水窪中泡澡。

「靈修淨土」，是這裡的正式名稱，它的主人區紀復和它一樣，有著相同的傳奇色彩。

找尋心的方向

台大化工系畢業的區紀復，曾經留學瑞士八年，在台塑公司做了十年事。大約五年前，他拋棄既有的一切，來到花蓮鹽寮海邊，架築「靈修淨土」，開始他人生的另一個階段。

外形瘦削的區紀復，留著一把大鬍子，戴著副眼鏡，說起話來不疾不徐，給人一種溫和而沉靜的感覺。

說起自己人生中這樣大的一個轉變，區紀復表示，最開始時是幾個好朋友在一起，談到這個社會上發生的許多問題根由，是源自人的心出了毛病——慾望太多，而要改變人的心、降低慾望，也許「另一種生活方式」，從生活中去體驗不一樣的生活態度與價值觀，是一個解決之道。

區紀復說：「當初成立『靈修淨土』，也只是一種想法，覺得這個方向可行，好像隱約中有個光源在指引，但是並不知道結果會如何。」五年來逐步摸索的結果是，區紀復愈來愈確定，這樣的方向是正確的。

頭兩年，區紀復先從自己實驗起。他從台北的水泥叢林來到花蓮海邊，尋求過「一種簡樸的大地靈修生活」，期望找到降低慾望、維護生態、提升心靈的生活祕訣。

區紀復一切自己動手，從蓋屋種菜到生活的種種細節，他曾經記錄自己的生活是這樣的：「沒事自己動手，勞動工作、惜物惜福、節約用水、撿柴燒飯、除草種菜、採野菜素食、不吃罐頭泡麵、不喝汽水咖啡、不吃垃圾食品、沒有電視冷氣，早睡早起。」

體驗簡樸生活

區紀復為的是找出一種與現代文明「功利主義、消費取向、追求物質享受、

鹽寮淨土全景（二期）

奢侈浪費」不同的生活態度和價值觀，這樣的日子，頭一兩年他都是一個人度過的，區紀復說：「這樣孤獨的生活，其實一點也不寂寞，有時我拿起《魯賓遜漂流記》來看，常能有會心的微笑。」

兩年過下來，區紀復不但感到更自由、快樂而且深切體會到簡樸自然生活的可喜，這時候陸陸續續也開始有人要求，來與他一同分享體驗這樣的生活。

於是區紀復開放「靈修淨土」，給一切有需要、有興趣的人，來此體驗過一種簡樸自然的生活。

在這兒，生活是努力與勞心並行的，人們不但一切要自己動手，像撿柴、揉麵、做饅頭、鋸木、生火、墾地、種菜、除草、澆水、修房等工作，都是大家自動自發去做，另外還有瑜伽、散步、慢跑、太極拳等體力活動；而且在一天中，還必須保留部分時間做閱讀、反省、靜坐、沉思等心靈活動。

簡約簡樸，更是「靈修淨土」的基本精神所在。區紀復說，都市的一切方便舒適，這裡樣樣都缺，但是正好讓我們體驗一下貧乏的滋味，而了解珍惜資源的可貴。

每隔兩三天，區紀復會帶著來「靈修淨土」住的人，去花蓮的果菜批發市場撿剩下的蔬菜水果，這些蔬果其實並沒有壞，只是賣相比較差些或有點枯萎，就被批發商當垃圾扔棄。區紀復把這些蔬果拿回來洗淨吃，吃不完的或分贈鄰居，或做成菜乾果醬。

在這裡，人人都必須遵守環保的原則，行為盡可能的不汙染傷害大地。不用清潔劑、殺蟲劑、農藥、化肥，更不歡迎寶特瓶、保麗龍及罐頭、汽水等包裝的食品。

拒絕文明產物

至於時髦打扮、客套應酬、音響電視等現代文明的產物，那就更不必要了。區紀復說，海浪、風聲、鳥啼、蟲鳴，就是最自然的音樂，最易使人集中心神、靜思冥想，而「靈修淨土」的環境每天面對的是高山大海，一切人為的矯飾都是多餘。

這兩三年，每年來「靈修淨土」的人很多，而且有不少人是一來再來，一年來個八、九趟，他們之中有的是厭倦了都市的繁複生活，有的則是人生中碰到了苦難困境，像是戒毒的人、想出家的人、剛出獄的人、得了憂鬱症的人、失業的人等，把這兒當成了一個「人生中途站」，暫時休息一下、思考下一步的路。

區紀復看著浪花拍岸的前方，若有所思的說：「環境是重要的，人的心需要鍛鍊，如果老是在一個汙濁嘈雜的水泥叢林裡，經常受到誘惑，心很難跳脫出來、安靜下來的。」而身處於清風和日、蟲鳴鳥叫的大自然中，會更讓人體會到簡樸生活的價值。

許多來過「靈修淨土」體驗生活的人，寫下他們的感動：「這兒沒有城市生活的壓力，自在生活的空間讓我找回自己，帶走頹喪、惶恐與無奈」、「生平第一次，小心用很少的水洗手、洗臉，使我對大地資源知道惜福」……

提供另一種可能

但是，也有不少人對「靈修淨土」及區紀復的所作所為，抱持不以為然的看法，認為他這是逃避現實、不務正業、有負國家栽培的作法。

區紀復說，今天的社會生病了，人慾横流、貪婪、爭名逐利、庸碌過日子……他試圖找出一種解決方法，提供人們另一種生活方式的可能，他做的其實是最入世的工作，並沒有逃避現實，更不是不務正業。區紀復不喜歡別人稱他為

「隱士」，因為「靈修淨土」是開放給任何人的，而一般真正不問世事的隱士，是不會這麼願意與人接觸的。

五年的路，區紀復是一步步走了過來，問他最大的感想是什麼，這位許多人的精神導師沉靜地說：「對我自己，是自由、快樂；對社會，是這個方向是正確的。」

曾經來過「靈修淨土」的人，後來發起「鹽寮之友」組織，希望透過定期的聚會、發行刊物，更具體的在日常生活中實踐簡樸自然的生活，區紀復說：「這些人都是我們的種子，也許多少能夠影響周遭的人，改善一下社會吧！」

「靈修淨土」下一步要做的，是開闢一個專供個人純淨修靈自省的空間，讓人能夠進入自己最內心的深處、尋找最根本的自我，區紀復這麼說：「不容易，但是很重要！」而這句話，不也正是「靈修淨土」這五年來的最佳註腳嗎？

——八十三·一·十一　聯合報

報導鹽寮

「寮」是簡單的房舍，
有反璞歸真、回歸自然的意思；
「鹽」可使食物味道鮮美，
又有防腐的作用，
正是希望這片淨土在社會上
產生鹽的作用。

鹽寮靈修淨土緣起

一九八七年底一個晚上，我和幾位好友在淡水山上聊天。有人想起一些未完成的夢——辦他的「學校」，有人在考慮如何有意義的活他的下半輩子等。要做這些事就聯想到找人找地找錢。後來經過多次的思想激盪，集合各人的經驗與智慧、平時每個人所關心的事物等，慢慢構思成一個「大同村」、「一心計畫」。

這計畫的目的是要幫助每一個人都能得到全人的發展，身心靈的平衡發展，過一種與天地人共融和諧的生活。在這個大同村裡主要有三種性質的活動，就是仁愛、教育、靈修。仁愛是特別接納老弱殘障等被社會疏忽的人們，關心他們，也幫助他們發展自己個別的潛能。教育是學習生活、發展潛能的方法。靈修即能使人解脫提升，與天地人合一。

一九八八年起，我們在「台灣的最後一片淨土」花東地區物色地方——希望是靠高山面大洋，要有隱密性，但也要有道路可達。最好是山腰平台，面積要夠大，而且有發展可能，有山泉可以農耕種植，也有手藝工場。

這樣理想的地方一時實在不容易找到，於是我利用空閒到世界各地雲遊了三個月，參觀訪問一些與一心計畫的理念相關的機構團體。

八月回來，正好好友之一在花蓮的一位醫生陳麗雲有一塊尚未使用的地方，就是現在「靈修淨土」這約三百坪的海邊土地，願意提供出來。雖然不是想像中的理想地點，但是靠海邊，當個小本營也不錯。既然有了落腳處，就試試看，作為一個小小的開始。我們七、八個人於是湊了一些錢，將土地接手過來，開始整地建設。這片土地上本來雜草叢生、亂石堆積。經整理後竟顯出一番模樣來；有山坡、有巨石、有溪澗、有水池、有草地、有樹叢、有小徑、面海背山，風水環境還真不錯。

十月二十三日淨土奠基，在土地上原來就有的一幢小白屋裡舉行一台簡單隆重的感恩祭，由樂俊仁神父主持，主客共有十六人參加。一位在本地的修女朋友送了我們一包「鹽」，祝福這裡成為「地上的鹽」。我們由海邊撿回一塊圓圓扁扁的大理石，每個人在上面寫下各自的感恩與期許，當作淨土的基石，埋在這裡一座五公尺高的大十字架下。

一九八九年二月三日，由小白屋延伸出來的廚房廁所蓋好了。三月九日再建一幢高架木屋，作為活動住宿之用。本來打算蓋茅草竹屋的，但因考慮安全、耐用與功能，最後還是以木屋最為相宜。四月十一日木屋完成了。後來又將廚廁小屋與木屋用走廊連接起來，下雨也不致淋溼了。從購地、整地、建廚廁、木屋及買了一部二手的九人客貨兩用車，一共花了八十五萬元，我們的基金還有些剩餘。有了廚廁住宿的地方，大約可容納二十人左右，活動就可以開張了。

鹽寮的環境和設備與最初的理想有一段距離，所以不可能按當初的計畫使用。經過再三討論，決定這裡初步可作為一個體驗簡樸靈修生活的實驗場所，在靈修中體驗天人關係的密切，在簡樸中與大地自然共融，在坦誠相見中與別人和諧交往，它的目的也是為達到天地人的合一。

我們為了要給這個地方取個貼切的名字而集思很久。有人取「真福」，有人用「方濟」，有人建議「芝蘭」……，最後決定本地的村名「鹽寮」恰正合適，於是定名「鹽寮靈修淨土」。「寮」是簡單的房舍，有反璞歸真、回歸自然的意思；「鹽」可使食物味道鮮美，又有防腐的作用，正是希望這片淨土在社會上產生鹽的作用。為了改變社會一切向錢看、追逐名利權勢的價值觀、奢靡浪費的物質主義生活方式、汙染破壞全人生存環境的惡劣情況，而回歸到純樸、自然、喜樂、平安、高品質、有靈性的生活。

——八十·九·一　鹽寮之友

我們是這樣走過來的

鹽寮淨土的開始和發展有很多人注入了精神，投下了心力。這是每一個到過鹽寮而有感受和收穫的人都應該感謝的。當然，我要感謝的最多，因為我長期住在這裡，感受最多，獲得也最多。

首先該感謝的是創始構思鹽寮淨土的第一批人，他們有七、八位，經常相聚，不下二十次。頭一年每月都在鹽寮見面，一起生活、分享、思考、分辨、討論、籌劃、設計、檢討、集資……因此淨土的軟體硬體才成形。其次要感謝的就是在建設初期對淨土的鼓勵、協助、贊助的人們。尤其是最初蓋房子時讓我住在他的茅草高架屋，我們的鄰居老孟；以及當時住在那裡的阿卿、阿茹一家四口，他們接納我，並提供伙食及贊助，而且還隨時協助建築的工作。後來建木屋時，輪流來負責伙食的淑芳、順潮更是任勞任怨，老遠由花蓮市騎機車來做飯給工作的人吃。另外建屋期間，還有很多人的幫忙：鄰居、鄰居的小孩，特別是當時只有五歲的小字偉、詩湖，及江音也來幫忙搬磚頭、整理環境等。

在花蓮蓋房子找工人最為困難，幸好我們都找到了所需要的人。開怪手整地的林聰明，他雖下肢殘障，但開起怪手來靈活自如；水泥師傅謝萬財幫忙蓋廚廁；木匠師傅林日春幫忙蓋木屋，蓋得非常堅固，經多次颱風和地震都仍穩立不移。我們住在裡面安全可靠，實在要感謝他們的。

蓋房子盡量用舊材料，花蓮有舊屋要拆除時，我們會馬上去撿拾仍可用的柱子，門窗，先後有卡拉灣天主堂、保祿中心、美崙天主堂和門諾醫院送給我們的舊材料。雖然舊卻仍結實，物盡其用是好事，我們還可以節省不少錢呢！

此外，房屋登記、電力申請、樹苗種植都有不少在花蓮的朋友幫助和參與。

廚房還沒蓋好，就有第一批訪客，是花蓮的修女們及海星中學的老師，在聖誕節日前來。第一批住客即在八十九年元旦來的，是泰澤之友及好友少玲和薇綺，都借住在老孟的高架茅竹屋上，竹屋就在溪澗旁，潺潺流水，呼應著大海的浪濤，別有一番情調。老孟的茅屋是沒有廁所的，一切回歸自然。這第一批訪客也就能入鄉隨俗的住了好幾天。初期來的人都住過這高架屋，叫人印象深刻，忘懷不了。可惜第二年的歐菲利颱風把它吹倒了，令人惋惜。

淨土第一年

一九八九年二月三日廚廁間蓋好了，是連接原來就有的小白屋延伸出來的磚造木頂房子。特別的是廁所，共有三間，為考慮人多利用及多種功能的需要，所以各有特色；空間有分大中小的不同，洗臉台有高中低的差異，便桶更有坐有蹲，並有為殘障者裝設的扶手。為了省水，只裝有蓮蓬頭水管洗澡，而且就在便桶旁邊，大小便後用以沖洗臀部，可以不必用衛生紙了。廚房有個大灶，目的是盡量撿拾海邊漂流木作燃料。廚房的前一半是餐廳，面對著太平洋，雖然吃的是清湯糙米飯，也會樂在其中。那天廚房啟用開灶，準備過年，煮湯圓、蒸年糕，來了二十二個人，多是花蓮的環保藝文人。

再來蓋木屋時就順利多了。木屋室內十坪，走廊四坪，前後只要一個月，四月十一日完工。木屋依地勢高架起來，向東往南兩面都比較高，又都是低窗，坐在地上就可以遠眺室外風景、大海潮汐、綠草茵茵。上木屋的是斜坡走廊，特別寬大，是為方便兒童及殘障者走動，也可以用作觀海下棋的角落。木屋內部是通間，鋪上榻榻米就成了通鋪。榻榻米是花蓮市一家無極茶藝館因休業而送的。木屋四面是大窗，非常明亮涼快，在室內靜坐尤其容易出神入定。牆是單層雨淋木板，沒有任何裝潢夾層。下大雨時雨水會滲進來，使木板色素集結，形成很多不規則的山水抽象畫，反而另有一番意想不到的天然美。

第一次正式來做生活體驗退省的是基督服務團廿六人，那時木屋的地板還來不及固定，先鋪上去暫時使用。生活體驗退省與一般天主教的避靜、基督教的退修、佛教的禪七都有些不同，除了有自我靈性操練，如靜坐、祈禱、默想外，還有心靈分享、閱讀、詠唱，與神師交談；並且要有體力勞動，如割草、撿木柴等，以達到身心靈的均衡修練。這種方式便成為以後鹽寮淨土的生活特式。

木屋完成後，淨土有了最基本的食宿的地方。第一年先做簡樸靈修生活的實驗。既然是簡樸，除了最基本必需的東西外，其他設備盡量簡單，可以沒有的東西都不設置，可以不要的東西也不接受，多餘的也不積存，夠幾天用的就好了。

第一年是要做實驗，所以生活中的一切細節都經過反省與摸索，找出最合乎簡樸、節約、不浪費、維護生態環境、提升心靈的原則和標準，作為以後的準則，以及提供給來的人作參考。

因為是實驗階段，所以沒有向外宣傳，只有認識的朋友、教會內的人及花蓮地區一些知道的人前來共同體驗。雖然這樣，來住過的也有五六五人次（二二六人），來訪未留宿的即有四五四人次。

這一年裡來的人雖然不是很多，但他們勞動體驗的附帶成果也陸陸續續累積出不少建設：由大路下來的小徑用海邊的大石頭鑲了一道邊；進入欄柵大門後至木屋前的一段短斜坡也用扁扁圓圓的石塊鋪平；小白屋及廚房前的走廊即以小白石鋪填起來。如果每個人都在所撿的那塊石頭上寫上自己的名字，至少會有二百個名字在這段小路上。

花蓮有很多大理石，到處可以撿到工廠丟棄的石板，我們用來做了一個大地棋盤，再用蓋木屋剩下的木塊作棋子，不用心還不易看得出來呢。九月曾有一次颱風，在此地以南約五十公里的靜浦登陸，幸好只有一些小樹被吹倒，枝葉被吹落，木屋滲了一點水，大致無妨。海邊卻漂來很多原木條，每根約有二公尺長，陸續撿拾到有二百多根，後來就用來建了一個涼亭和一個工寮。

這片地由原來的荒蕪雜亂漸漸開發、淨化、綠化、美化。因為好久沒人使用，附近的人都把垃圾亂丟在這裡，我們總共清理出幾十袋的垃圾。為了綠化美化環境，首先種了一片草地，前前後後又種過不少樹木，有木麻黃、鳳凰木、黃金榕、聖誕紅、變色木、印度橡樹、扶桑、相思、樟、榕、竹。果樹則有麵包樹、檸檬、芭樂、椰子、桑樹、柑橘、木瓜、仙果、酪梨、龍眼、柚子、百香果，其他還有不少花、瓜、蔬菜等，可是成功的少，失敗的多，能存活的也生長緩慢，因為種東西我不在行。

這頭一年除了建設硬體、建屋種樹和實驗軟體體驗生活外，在睦鄰上也花了一些時間。福德坑這個小聚落大都是退役老軍人，有單身的、有與當地阿美族女子結婚的，都生活簡單，互相照應，互相幫助，有多餘的蔬菜食物也能彼此分享。經過一段時間後這些鄰居也多少知道淨土是在做什麼的了。離這裡二百公尺有一佛教和南寺，那裡的比丘尼也時有來往。有人曾捐了一批兒童圖書，打算辦個週末兒童圖書館，後來因為缺乏適當人手而沒法實現，但附近的小孩子有時還是會來看看書。

開始時我們買了一部二手車，蓋房子運木材，人多時作交通車。這部車是福德坑唯一的，有幾次晚上也成了救護車，其中一次還真救了一條人命，它的價值早已超過它的功能了。

淨土第二年

一九九〇年是鹽寮淨土的第二年，簡樸生活的方式大體定了型，也慢慢為大家所肯定，來的人逐漸增多，來過再來的人也愈來愈多。他們不單自己再來，而且介紹朋友，帶著朋友來。他們就是簡樸精神最好的見證人、闡釋者，以及推廣者。由國外來訪的也逐漸增加，更有整個團體由香港來此做體驗的。

由於有了一年的生活體驗，這年的七月至九月暑假期間，開始嘗試舉辦「簡樸靈修大地生活營」，簡稱「鹽寮營」。這鹽寮營雖然以體驗簡樸生活、靈修生活、愛護環境為主，不過也增加了一些輕鬆的節目：爬山、涉水等遊戲。為小孩子這是很需要的，這會使他們更接近大自然，因而更愛護它。

鹽寮營——「簡樸靈修大地生活營」

鹽寮淨土歡迎大家今夏能前往，體驗一種有意義又別緻的「簡樸靈修大地生活」。此種生活方式如下：

- 簡樸生活：過的是海邊純樸的生活，學習自己動手，惜物惜福，節約用水，節制飲食，撿柴燒飯，除草種菜，採野菜素食，不吃罐頭泡麵，早睡早起，健康愉快。
- 靈修生活：修練身心靈的平衡，淨心淨念，反省默想，瑜伽靜坐，讀經分享，合一祈禱，在大自然中體驗天主偉大的靈性生活。
- 大地生活：與自然大地為伍，與天地萬物共融，愛護環境，不製造汙染，垃圾分類；海濱觀日出，石中看世界，登山遠眺太平洋，溪谷戲水見清泉。

● 生活營：人與人坦誠相處，素面相見，一見結緣，改善人際關係，每晚感受分享，有什麼情緒情結都可以在自然大海中解脫洗淨。

● 時間：七月至九月，任選一週，每星期二上午至下星期一中午。

● 地點：花蓮縣 97415 鹽寮村福德二號。花蓮客運往豐濱、靜埔、成功方向，「福德坑」站，由花蓮新站約十五公里，三十分鐘車程。

● 人數：十五至二十人，歡迎自組團體，各別二三人亦可，不分男女老少、宗教信仰。

● 報名：請預先寫信或電話聯絡：鹽寮淨土（038）671-065 區紀復。

● 費用：食宿全免，自由樂捐。

※注意事項：請不要帶罐頭汽水或包裝多會製造垃圾的任何東西，不要帶隨身聽，行囊盡量簡單，可以帶一個鋼杯、一張被單。不要忘記一顆喜悅開放的心。

● 徵求義工：歡迎曾到鹽寮生活過的朋友報名，任何時段均可，請先通知，謝謝。

鹽寮營首先在天主教內刊物「教友生活週刊」上登廣告，後來台北「大成報」也轉載了消息。於是由七月開始，每個星期都有人來，以學生團體及家庭為多。大專學生和社會青年很容易領悟簡樸生活的意義。中小學校的教師更能吸收它的精神，將來對學生的影響就很大了。中小學生多半以好玩渡假的心情而來，但是幾天生活下來仍然可以學到一些節約、垃圾分類、愛護自然的好習慣。比較可惜的是老中少三代一起來的家庭，媽媽有意讓孩子體驗生活，老一代的卻認為是來渡假遊玩，為孩子們帶備很多罐頭、泡麵、汽水、零食（垃圾食物），孩子們更帶了隨身聽，兩隻耳朵一塞，就與別人隔絕，與大自然美妙的聲音阻隔。他們來到這裡不能為所欲為，就感到受了很大的約束，因此竟有兩次全家人提前離開了！

另外有一次幾位國中教師帶了三十多位學生來露營，分組煮食，竟弄出七、八樣菜式，最後還拿出自備的（用完就丟）免洗餐具，製造大量垃圾，草地面目全非，嚴重破壞這裡的美麗和潔淨。領隊的教師還是來過不只一次的呢！實在令人難過又生氣。一個人的改變真是不容易啊！我們的努力和用心還是不夠！

這第二年，鹽寮淨土開始被大眾媒體注意到，而加以報導。

媒體報導後，來的人更多了。尤其是十一月張老師月刊和台視報導之後，真可用絡繹不絕來形容。有打電話來詢問的，有寫信來探聽的，有直接來訪的；有個別來，有組團來的；有很早就預定，有臨時起意突然出現門前的，也有打電話五、六次，但始終未見人影的。

來的人更是各形各色都有：有青年學生、社會人士、家庭主婦；休學學生、離職轉業青年；有愛好大自然的、學習環保觀念的；有來靜一靜的、調整身心的、想改變生活的；有帶著情緒問題而來、帶著家庭問題而來的、更有帶著生命問題而來的。來的人目的不一定相同，至少對大自然環境都有一份愛好，來到這裡也願意把自己開放，鹽寮淨土就都能滿足每個人不同的需要。

這一年裡遇到兩次大颱風，一次大地震。颱風是六月的歐菲莉和九月的戴特。颱風過後查看環境，樹枝樹葉吹得滿地，野橄欖、鳳凰木折斷不少；瓜棚、茅草亭吹倒了；菜園淹沒沖走了三分之一；其他就沒有更嚴重的損失了。看看鄰居即甚為慘重。老孟的茅屋五倒其四，很多人都住過的高架茅竹屋也倒了，廚房被吹到十公尺之外。當時住在那裡的一個老美只抱了一本書一支蠟燭逃離。另一鄰居餐廳的新木屋式樣和我們的一樣，大一倍，同一個木工師傅做的，屋頂被吹到大路上去了。

颱風後，這裡都斷水斷電，不過有兩池泉水，豐盈清澈，源源不絕。戶外洗衣，月下洗澡，別有一番情趣。七月來參加鹽寮營的人因此都能體驗到這種原始的生活，對很多人來說，都是人生第一次，難得經驗。

十二月大地震，震央雖然就在附近，但是淨土卻安然無恙。沒有房屋倒塌，沒有地裂開，也沒有海嘯。鹽寮一帶即因颱風地震，公路坍方、斷裂，海岸被沖蝕沖走，幸好我們對外交通不致受阻太大。有一次香港青年體驗團二十多人晚上正在分享的時候地震又起，約有五級，但每個人都鎮定如常。這是額外的體驗，終生難忘。

這一年來的人比前一年多了很多，留宿的有八一六人次（三二〇人），來過訪的亦有七九九人次，多次來，甚至經常來的人也多了很多。來參觀訪問的不只是個人或小團體，大團體慢慢也多起來，海星幼稚園有一百位小朋友來大地郊遊。甚至有大巴士或很多私人轎車載著大堆的人來。還好，帶隊的人都是認識鹽寮的，不至於是純觀光客。比較不好應付的是一些不速之客，有些只是順路來逛逛，有些還不注意告示，叼根香菸就跑進來。怎樣讓這些人在這個環境中學習到尊重，實在是我們需要接受的最大考驗。

花蓮本地有些學生、教師、修女把這裡已當作寧靜、歇腳的去處。只要有空就來休息一天半天。不是假期這裡特別安靜，就有人願意來做避靜退省。到海邊、到山上、到溪谷都可以默想、祈禱，體驗曠野的滋味。也有人把這裡看作找尋安靜、反省隱居的地方。每次都有不同的體驗。他們都各有心得感受，也願意把這些心得、感受寫出來與大家分享。

此外，寶瑩、小真、其興幾位，都來過多次。他們計畫跟隨垃圾先生老道一家三口到非洲等地，去體驗貧窮生活半年。行前先到鹽寮來集訓，預習一下最簡單的生活。我們這裡實在只能算是簡單，離貧窮還差得遠，比起非洲大多數國家的生活已經是夠富裕的。即使如此，對於去非洲體驗心態上的準備還是有不少幫助。

最近一年，有些西部人來東部長住。起先在淨土住了一陣，然後再搬到附近租房子，找個簡單的工作，維持簡單的生活，他們就成了淨土的鄰居。有住在二百公尺遠的、有住一公里遠的、有住二公里遠的，他們就是我們二百公尺的鄰居、一公里的鄰居、二公里的鄰居。後來又有長住在淨土的人，一住就是半年，調整生活、找回自己、重新出發。大家也會有機會聽聽他們的體驗分享。到目前由西部來，在鹽寮住下的就有十人。

年終除夕有十五人共度。我們改變以往的習慣，吃喝簡單，做了一大堆饅頭、一大鍋八寶粥、一大盤青菜。白天另有十多位過路的青年人幫忙，和我們一起整理環境，清除倒塌了的茅屋。晚上大夥兒在海邊守夜，生起營火，在萬籟俱寂的夜空下與有節奏的海浪聲中回顧一年的生活，歌唱、反省、感恩。到了子夜，一起為當時中東的緊張情勢祈禱，祈求世界和平、人類和諧、消除罪惡與貧窮。

淨土第三年

一九九一年是第三年，人們來自各種不同的管道，有直接認識的、有介紹而來的、有看了報導的，也有路過好奇的。有愈來愈多個人來修行、靜思的，有小家庭來體驗的，有長住的，也有超過二十人的二、三個團體同時來的時候。為了盡量接納任何要來的人，現有的通鋪木屋就不敷使用了，所以這一年第一件事就是籌劃擴建。

擴建的房子和原來的木屋相似，只是隔成幾個小房間，為單獨靜修的人、長住的，或小團體、小家庭使用。

新屋建於靠石山的腳下，夾在幾塊巨石之間，面東向海，房間前有走廊，走廊兩頭通，與巨石銜接，屋後石塊路也能通上石山。

這新屋由地基、地樑、牆板、屋頂、地板、隔間、欄干、樓梯、桌凳、電路，以至石階、石路、防颱鋼索，都是大家一起動手，集合幾十人的力量完成的。

新木屋與舊木屋該有個名稱的分別，房子多了，每一幢也需要有一個名字，以免說來說去說不清楚。於是，最初原有的小白屋就叫「一心室」，舊木屋通鋪叫「靈修中心」，新木屋叫「靜思樓」。

靜思樓完成後，繼續擴建廚房後面灶上的雨棚，然後就是那高壯的觀海台。觀海台位於靜思樓前方一塊大石上。樓高兩公尺八，全部用海邊撿上來的原木搭建。大大小小用了五十根原木，四根支柱有二十公分粗，入地深五十公分，颱風、地震應該不怕會發生問題了。

觀海台從挖地基一直到固定欄杆，共花了二十三個工作天，前後有十人參與，五月二十一日完成。它向東越過樹梢可以看海，回過頭來向西即可以看山，晚上乘涼看星星分享更是一大樂事。觀海台特別為兒童設計有五種攀爬上去的方法，過了五關才算合格。台下大石亦可蔭涼靜坐、下棋交談，石上還有一個粗木鞦韆，大家都喜愛。

觀海台下坡處本來有一個水池，一直有地下水流出。但經大颱風後泥石淤積，春假時人多，將它大清除、挖深、鋪石墊底鑲邊。本想把它做成可洗澡洗衣的地方，可是小魚小蝦常使泥沙翻起，使水混濁而不好用。

農曆新年在寒假期中，大年除夕我們特別體驗飢餓一天，只吃饅頭一個、清湯一碗。靜思反省，為世界免於戰爭、飢餓、環境破壞而祈禱。年夜飯團聚有八人，我們做了竹筒飯、香蕉飯，嘗嘗山地原始風味；此外，還蒸了一條海邊的

工寮修建

魚。年糕、八寶粥、芋頭飯則在年初一才吃。雖然在新年，也不超過三菜一湯，只是分量豐富一些。

春假來的人雖然多，幸好靜思樓建好了，可以容納得下。最多的一天有三十一人住宿，晚餐最多時有三十八人。廚房不大，吃飯都在庭院前的瓜棚下，涼快開闊。

端午節在東部不是什麼特別節日。但為不忘記這民族傳統習慣，也為學習包粽子的技術，大人小孩決定包些粽子來吃。糯米、花生、蘿蔔乾都有了，上山找粽葉。有些竹葉太小，月桃葉又較脆，後來試用鄰居種的玉米葉，結果很不錯，有玉米的香味。

這半年來，來訪的有八〇五人次。

有些人是由參觀過的人介紹來的。參觀過的人只告訴他們這裡環境幽美，生活簡單，可以住宿。所以來的人把這裡當作是旅行渡假、過路投宿的地方，深夜到，第二天一大早就要離去。可是當他們知道這裡五時起床，十時睡覺，白天需要勞動工作，晚上有生活分享等生活方式，不是他們所想像的情形時，他們都會知難而退。我們可以接受有渡假心情而來的人，但不歡迎有渡假的態度，只把這裡當旅館，或者有睡懶覺、吃大餐的願望。

去年我們舉辦過鹽寮營，相當受歡迎。今年很早就有團體預約時間。五月時我們決定繼續舉辦，而且根據去年的經驗加以改進。針對不同年齡層的人設計一些不同的活動節目：為青少年增加動態節目，如認識大自然生態、野外求生訓練、創作、表演等；為成年人增加自我認識、自我成長項目；為家庭增加親子關係、家庭環保。為增加這些活動項目，就需要有這些專長的人來帶領，因此徵求了一些來過的朋友來義務服務。

兩年半來，在此住宿體驗過的將近九百人。同時來的人回去後，還有繼續保持聯絡的，有些還成了好朋友。五月中有一天晚上分享時，燕秋和保泰建議與所有來過的人作一次聯絡，提供一些訊息給他們，使他們能保持那份體驗後的熱心、彼此鼓勵，希望能結合大家的力量，進而影響更多的人。最後決定出版一份《鹽寮之友》通訊，然後選出地區性聯絡人，召集地區聚會。

我們繼續走

今年（一九九一年）的暑假開始，鹽寮就熱鬧起來，以前「福德坑」站從來沒有這麼多人下車的，而且多是揹著背包的大學生。有時長途客運車司機先生不知道有「福德坑」這個小站，第一次來的人也說不清楚，司機就把他們載到「鹽寮站」，那是鹽寮村的中心，有國小、民眾服務站、衛生室、派出所等。如果在鹽寮站下的車，那可累了，得往回走一公里才是福德坑，不過體驗簡樸生活，先體驗一下步行也不錯。有人下了車問路，很自然就問到派出所，常常有人問，因此派出所的警員也知道有靈修淨土這個地方。附近居民只要看到揹著背包問路的，都知道是要來這裡了。

暑假的高潮在七月十八日天主教中途之家十位小朋友來此之後，他們由兩位輔導阿姨帶領，一住就是三十八天。他們有幾位每年放假都來此體驗生活，今年整個中途之家都搬來了，不過能支持到最後的只有四人。在這三十八天中真是發生不少事情，有好有壞，多彩多姿，有時還要勞動到他們的家長及警察才能解決，在暑期來過的人就能了解體會。

這十位小朋友有國中國小的學生，加上長住在此的一些小朋友，以及暑假另外來的其他小朋友，如台北市的小童軍、長春教會的小朋友，有時這裡就變成了小朋友大本營，為了這些小朋友在這裡過一個充實有意義的暑假，除了體驗簡樸生活外，也請了一些常到淨土的朋友義務帶領他們一些活動，例如：兒童道理、認識家鄉、認識自己、合作遊戲、啟發他們的表演與音樂創作能力，百香告訴他們盲人的生活，欣薇講解急救常識，少玲用幻燈片讓他們認識歷史古蹟，玉玲帶他們去找海邊植物……麗琴、寶瑩、憶菁輔導他們的功課，文國帶他們跑步運動，有時也去游泳釣魚，上山砍柴、撿石頭，晚上分享，每週有生活教育、郊遊、討論。為他們大家花了不少時間與精神，但都市生活、電玩、肉食、金錢等對他們還是有更大的吸引力，所以他們才會一個一個的離開，檢討起實在令人難過又無奈。

七月平均每天有十三人住在這裡，八月即平均二十一人。七月小童軍來的那一個星期每天共有四十人，長青教會來的那兩天也一樣有四十人。人數最多的一次是普愛會中學生志工隊來的那一天，總共有四十三人，靈修中心、靜思樓、一心室擠得滿滿的，連走廊觀海台上都睡了人。夏天睡在走廊觀海台特別涼快，時常有人爭著要睡呢。

人多的時候睡覺還易解決，吃飯就有點麻煩了。糧食我們常備有糙米和麵粉，可以隨時應付。今年我們種的菜比較成功，絲瓜種了一棵，收成大約有一百多個，成了夏天的主食。此外，南瓜、四季豆、莧菜、空心菜、紫蘇、蘿蔔嬰都不錯，偶而可以吃一、兩次。野菜包括龍葵、健康菜、野茼蒿、竹筍經常可以採到。蔬菜雖然自己種了，但量還是不夠，仍然需要上市場去買。

後來發現果菜批發市場有些蔬菜是不必買的，撿拾就有了。每天有大量的蔬菜水果由農地運到市場，在市場篩選，稍有瑕疵的他們都不要，於是菜葉瓜果滿地都是，我們就一袋一袋的撿回來，當然是用自己準備的大塑膠袋去裝。水果在盛產時，果商也有一箱一箱丟棄的，實在是很浪費。太多了，載回來就分送給鄰居們，或者做成果醬菜乾，慢慢吃用。每個星期天參與彌撒後到果菜市場跑一趟，一星期的青菜就解決了。

四十多人吃三餐，只有一個灶，安排分配也相當費周章。我們常常吃大鍋飯大鍋麵，飯是地瓜芋頭飯，有時要做一堆饅頭，煮一大鍋紅綠黃豆八寶湯，也能吃得津津有味。不過，人雖然多，但多是用灶生手，做一頓飯就常要二、三個鐘頭，幸好我們不必趕什麼，這也是生活體驗的一部分吧。

暑假有小孩子在這裡，就難以全吃素，他們會吵個不停，於是我們決定兩個星期吃一次魚，一個月吃一次肉，肉也只是豬頭肉而已。吃肉的那天，孩子們個個變成了餓鬼似的。有一位中信飯店的主任看見這裡孩子一大堆，就經常滷一大鍋蛋肉來給他們。不吃肉本來不會營養不良，出家人不是都精神健康！牛羊只吃草，也能製造出肥瘦肉，人其實也有這種功能，只是嬌生慣養，這種功能漸漸消失了。

今年夏天來的人特別多，體驗大自然的活動也比較多。除了近處的海邊，九號橋溪谷攀岩、背後賀田山登山外，往南走有第十、十一、十二三座橋，進去的溪谷尋幽訪勝，各有特色。十號橋旁的樂濤農莊花園，主人常讓我們採摘豐富的水果，我們吃了不少蓮霧；十三號橋坡上的眺望太平洋平台廣闊無涯；橄仔樹腳小漁港堤岸外可以海釣；水璉海邊河口沙灘的黑白小石子特別多；以及十八號橋是台灣最高的鐵橋（橋面到谷底約有一百公尺），都是過路遊客容易疏忽，而我們常去的地方。

個別來的人中比較特殊的有：準備出家的、戒毒之後來調適的、由監獄出來希望清靜的、因兒子想自殺而憂鬱的、寫信來找尋離家女兒的，鹽寮淨土成了他們的中途站，希望他們在短暫停留後都能達到目的。有一位美國人正準備到南美建立一個學校，教導當地的孩子有機耕種，來此觀摩簡樸生活；另有二位一老一青，看了報紙，專程來表示他們對社會貢獻不同的意見，後來了解此地的做法後，都同意而離去；還有一位在北京就聽說鹽寮淨土，是朋友給他的剪報，回台灣後馬上來看看，因為這就是他所希望的一個地方，現在他又到了菲律賓讀書去了。這些人都是看了各種報導，抱著各種期望而來的。來了之後得到了什麼，那就一言難盡了。

一九九一年全年來體驗的已增至二三一二人次（七五七人），過訪的有一四五七人次，一年之內來最多的人已達八、九次了。

淨土第四年

一九九二年，淨土的第四年，除夕守歲是常住常來這裡的人團聚的日子，去年在這裡過除夕的人都懷念這一天，大家都有回家的感覺。晚飯後我們在一心室讀經分享，反省一年的生活。

元旦另外來了六人，其中一對是新婚夫婦煥銘、慧娟，他們特別選擇簡樸生活度蜜月，這還是頭一次。他們一住就是五天，除了一兩次出外遊玩外，每天都有勞動工作，並合作開墾了一畦菜園，由鋤地、翻土、除草、撒種、灌溉一氣呵成，他們離開後兩天，所撒的蘿蔔嬰苗芽就長出來了，這真是很有意義，象徵他們將來在愛的園地裡，也能合作、耕耘、收穫。

寒假之前，森林小學學生來這裡做校外教學、生活體驗，事先有四位老師來了解情形，設計活動。一月二十日他們全校由校長、老師、舍監到學生，一共三十八人，在這裡生活了五天。撿柴、鋸木、劈柴、提水、摘野菜野果、燒飯、築路、溯溪、市場撿菜……每一樣都體驗到，每一天都有分享交談。第二天遇到

早晨挑水

輔大神學院一批學生，為了一些觀念彼此在交談中澄清，但氣氛卻有一點凝重。雖然這裡每天要提水才有水用，吃的差不多都是素菜，有蚊子螞蟻，小孩子還是歡天喜地，尤其是飯前唱歌，孩子們大多唱得很快樂。寒假後有三位小朋友還帶了父母再來玩。品茜的體驗最深，回家後，她弟弟有時抱怨飯菜不好吃，她會說：有得吃就不錯了！

今年春節是二月四日，農曆除夕前就有四個家庭來準備過年。每個家都是四人。靄儀第一次懷孕時就來過，現在已是兩個孩子的媽媽，她對她的大兒子說：「記不記得這裡？你在媽媽肚子裡的時候就來過！」

大年初一開始每天都有人來過春節，有路過的、有訪問的、有住下來的，年初四這天最多，共有三十八人，春節的一個星期就有一百多人來過。雖然在春節期間，每天我們仍然有勞動工作的時間，不是割草就是整理庭院、重建瓜棚、挖掘地下室等。

接下來，台北市萬華區的小童軍二十三人又來了，這已是第三次，他們對鹽寮特別喜愛，有幾位小朋友每次都來。他們由老師帶領，開墾一塊菜園，種一些蔬菜，留給後人吃！市場撿菜是他們特別感興趣的節目，大家搭公車到火車站，再轉到批發市場。菜販看到大批小孩子來撿菜，都感到好奇，問他們是那個育幼院的。當知道撿菜是要來吃的，有些菜販很好心的贈送一些新鮮全好的蔬菜，甚至贈送整箱的水果。他們大概不易體會小孩子來撿拾是為體驗惜福不浪費的生活。

青年節連著清明節一共有八天假期，這叫做春假，第一天就來了四十七人，大部分是台北職工青年會的老朋友及他們的孩子們，此外有不是第一次並且帶了朋友來的，還有輔大的學生等。人多好做事，大隊人馬，浩浩蕩蕩上山到竹林地去除草，同時也將那隻可愛的獨角羊牽到山上吃草。這隻羊很少出門，大家又拉又哄，一路熱熱鬧鬧。除了一陣草，大家已經汗流浹背了，羊就讓牠留在山上，多住幾天，換換環境。那天晚上分享時特別熱鬧、融洽、溫馨。最後點起很多蠟燭，大人小孩一起唱歌，大家都很喜歡那首「武界之歌」——我不曾想過，我到這裡，因為我一直生長在我溫馨的家；我不曾愛過其他的地方，但在這裡我幾乎忘了我的家……的確，有不少人已把鹽寮淨土當成自己的家，尤其是在外求學工作或者不滿都市生活環境者，放假就會到這裡住幾天，消除外在的壓力，回歸自然，找回自己。

靜修小屋興建

一九九二年下半年，鹽寮淨土第一件大事要算建築靜修小屋。年初時購得距淨土五百公尺以南的山坡上竹林內一片果園，就是和南寺南側的山坡，有一千多坪，北東南都是竹林圍繞，西背靠山，北南兩邊均有山溝，往東流入太平洋。林內前人種植了柚子、橘子、芭樂、釋迦、枇杷、楊桃、麵包樹和樟樹，另有香茅草、含羞草、蛇莓。在這片地上預定蓋一些小屋，為避靜、靜修、獨居、退休的人使用。

開始時為籌備購地款忙了一陣，常來的鹽寮之友商量同意以入股方式認捐，十萬元一股，入股者可優先享用這些小屋，其實就是為了玉成這件好事。二月就籌得七十%，有六人認股，到五月時已籌得了九十五%，八人認股，其餘有些小額捐獻，到十二月底購地款就已全數捐妥，共有三十九人捐獻。

上半年一直等有人有較長時間住在這裡幫忙照顧，才能動工。夏天找到以前幫忙蓋木屋的林師傅，他覺得夏天蓋房子太熱。八月中星宏由高雄第二次來體

靈修中心

驗，知道我們的計畫，就向他在花蓮做建材生意的朋友黃玉山提起，希望他捐一些木材，想不到黃先生慨然送來一車七十根大木材。九月底美玉說她任教的國小要全面更換窗子，有木窗一批一百個可送給我們，十月一日我和德輝二人開了車，一天就把窗門由龍潭載了回來。於是蓋小木屋的基本材料就有了。

到了十月下旬林師傅突然放下手邊的工作說可以開工了。我馬上通知各地鹽寮之友聯絡人，希望找到人在這段時間能來幫忙蓋房子及照顧廚房，可是一直沒有消息。十月廿七日正式開工。我決定一切小工作都由鹽寮之友來分擔而不另請工人。開工第一天有梅玲一起，量地畫線，之後幾天都有人來幫忙，所以除草、拉線、挖地基、釘木箱、搬運、拌水泥等工作都有足夠的人力。特別是向鄰居借了一塊拌水泥大鐵板，剛好那天人多，八個人才能抬著它上山去。十一月一日培驊是不速之客，突然來到，說要住五天，我說太好了，老天送來了好幫手。那一天老道（成老師）也來了，他是蓋木屋最主要的得力助手，由構想、規畫、找水源、做材料、鑿榫頭、立柱、上樑以及最後一階段的裝門窗，他都擔任重要的工作。

打地基馬上就需要水，山坡北南兩側都有山溝，但冬天少雨看不到水流，我們選擇了南邊的山溝找水源。很幸運的，溯溝不遠就見有水由泥土滲出，以前有人築了小水欄，埋了小水管，我們只要接上去就有水源流出來。為以後儲水，選擇了坡地山腰上端一處做為水塔基地。到附近一個廢磚廠撿回一批紅磚建了一個基台，準備放水塔用。這個小水泥台卻是望海靜坐的好地方，上有樟樹遮蔭，旁有香茅草、月桃花為伴。

建屋期間有不少來長住的人，五天十天一週一月的都有，他們的參與就很多。這片竹林地是「鹽寮淨土」的擴展，就叫「鹽寮淨山」，小木屋叫「靜修小屋」。共建了二棟，每棟約四坪，有走廊，四面皆窗，內有閣樓，由閣樓望海特別悅意。建二棟木屋前後共一個半月，實際工作三十三天，十二月八日結束，曾參與的人共六十五位。

木屋主結構雖然完成了，但周邊的零星工作還有不少，如窗框木條、內外樓梯、接電線等，陸陸續續再花了近一個月，又有不少人參與。除了木柱料、窗門是送的，還有不少木條木箱板紅磚是撿的，插地基做工寮的竹枝即就近取材，還用了五萬四千四百元，購買其他材料，工資五萬九千四百元，一共花了十一萬三千八百元。

暑期活動

七、八月是每年的最高峰，七月有三百多人次來。主要有兩個大團體：基督服務團上下兩代五十三人，前後共五天的體驗、共融、聚會。

另一個大團體是七月底八月初來的天主教大專同學泛亞會議，分二梯次共五天，五十二人來自十五個國家地區。他們同樣的體驗挑水，撿柴、撿石、割草、市場撿菜、用灶燒飯、做饅頭、善後等勞動工作，當然也體驗露天洗澡、溪谷戲水、垃圾分類等。他們有來自富裕地區如香港、新加坡；也有來自貧窮落後國家如印度、斯里蘭卡的。富裕的學生體驗簡樸生活，反省到惜福的重要，貧窮的學生則了解知足感恩的精神。在這次泛亞會議中也發生一件有趣的事：一位香港學生看到廁所內「不用衛生紙清潔」標語，以為不准用衛生紙。最後一天分享時他說已憋了兩天沒有如廁，等離開時再想辦法解決。他的話引起一陣哄堂大笑，這實在是對標語的誤解。

暑期人多照顧不到，大批人離開時就會有很多空塑膠瓶留在室內，或者在哪個角落發現飲料盒，有一次在靜思樓的房間內還有煙蒂，這是多麼難過的事情呢，人心未淨就帶來汙染！

另一件難過的事是我們的小鄰居田宇偉的爸爸在七月廿五日晚間車禍死亡。前兩年來過的人都認識小宇偉，他每天都到淨土來玩耍或幫忙，自從上學後就很少來了，因為有了自己的同學玩伴。他爸爸因為表現良好提前獲釋，回家後又出外工作，那天晚上他騎著摩托車就在鹽寮村大坑被一小貨車撞倒，送醫不治。小宇偉自小就和爺爺相依為命，爸爸坐牢期間有爸爸等於沒有，現在是真的失去了。

今天夏天比較常做的郊外活動是溯溪和體驗孤獨。由淨土往南走二公里就是十號溪，未到溪之前右邊，有一斜坡上山，彎入山裡就與外面車聲浪聲隔絕，突然全身蔭涼、眼前一亮，到了另一個世界，高處是懸崖絕壁，低處溪水潺潺，繞著一巨崖而下，崖上隱立破木屋一棟，正是面壁靜坐的好地方。個人赤足涉水順流獨行，可享受天地的大靜與天地造化融合為一的愉悅。溪流盡處就是大海，一定不會迷路，前後不遠都有人，也不必害怕。六公里以南即是十二號溪，兩岸較多變化，有花紋巨石、原始森林，支流深處有溪水經年刻鑿而成的崖石及彎曲水道，溯溪獨處常使人忘憂解脫。

八、九月曾有三個颱風過境，兩次帶來豪雨，一次風強雨少，豪雨使溪水再度沖蝕我們對岸的一片土地，使溪流快要改道了，也沖下很多枯樹殘木。颱風天市場蔬果特別多，可能是因交通不便運不出去，所以去一趟市場撿拾的水果就吃不完，常常吃水果大餐，鳳梨、芒果，芭樂、蓮霧、西瓜、柚子、葡萄柚、橘子、柳橙、哈蜜瓜、蘋果、蕃茄、木瓜、李子、桃子、梨等，什麼水果都有。一年來不需要花一塊錢買水果蔬菜。颱風天每次都有人來與我們共度美妙時光，有一次，一批年輕學生害怕，趕快回家，真是可惜。

說起吃有件值得一提的事，星期天我們到花蓮市參與彌撒，然後都會去買一個很大的花蓮大餅，有時可以吃好幾天，吃過的人都讚不絕口。每次去那位蔡老闆都會大聲的說：「好朋友來了！」然後大包小包的再送我們很多當天剩下來的食物，有時有燒餅、甜圈、蛋餅、飯糰、麵線或者酸辣湯，甚至發好了的麵糰及豆渣。我常說：四十八元買的大餅是生意，附帶送的食物即是朋友情誼！情誼比生意更多！那老闆知道我們住鹽寮，也常帶家人來看看。

今年我們沒有種很多果菜，以前種下的紅菜可以不斷的採食，大家習慣早上或中午吃，晚上吃就不好，什麼道理沒有人說得出來。百香果是無意中發現的，長在院前的瓜棚上，今年結出不少果實，由六月一直結到十二月，往往我們坐在院前吃飯聊天的時候，它就掉落在我們的身邊。有一次我們正談論到一些人生現象，有一粒百香果掉了下來，靈機一動，我們就叫它「百香果定律」。自己長出來的桑葚有兩株，一株結大果，一株結小果，都很甜美，一年春秋結果二次，可惜數量少了些。洛神花已是第三年了，自己會繁殖，我們只需分開移植，今年開花早了三天，有蟲害，收成不多。

過了暑假獨行者多，有預先通告的，也有突然出現的，而且每個人都很獨特：有一位機車騎士過路歇腳，他說已雲遊一年，身上只剩一千元，明天如何還沒做打算。另一位行者揹了個大背包，希望找一處幽靜地，自己蓋屋隱居，當他知道十號溪中的破屋，馬上就啟程去看，不多久即回，希望滿意，說要找一些材料修理一下即可入住，揹起背包即又離去，下文如何不得而知。同樣希望找個靜處隱居過自己生活的人還有不少。《聯合報》曾介紹過這類繭居族，中視則另稱為簡居族。

有一位苦惱青年中午來到，開門見山就述說他的遭遇：娶妻不賢，妻早染梅毒且另交男友，要求離婚，他忿而打傷其妻，被妻控告，同意離婚卻又不忍妻去害別人，而且也不能向父親說明原委，有苦難言。我只能稍微安慰，建議他深入了解其妻，並向家輔、法律專家請教。

又有一位研究物理學的，他要離開文明、找尋自然、整理思緒，想寫些東西，歪打正著來到這裡，一住就是一個多月。我們常有對人性、對生命、對天地的談話，互相激盪，彼此獲益。又有實習醫生、護士和一些追尋靈性修練的人，來這裡就為斷食靜居，有五天、有三天不等。此外有很多位是為思考人生下一階段旅程而來靜一靜的。

淨土踏上第五年

鹽寮常客

一九九三年鹽寮淨土踏上第五年，這一年可說穩定的進行，很多事情都上了軌道。雖然仍然只有我一人固定在這裡，但常來的及住上二、三個月的人愈來愈多，他們對這裡的生活方式及簡樸精神都已駕輕就熟和體會深刻，可以分擔我不少責任和工作。

閉關斷食

去年底在山上竹林內建好了二幢靜修小木屋，年初陸續整理完成，開始使用。內外樓梯都有特色，就地取材，舊物再用。樓內梯子是海邊撿到的樹幹，樓外階梯一是用鐵路枕木併疊，一是撿附近廢磚廠的紅磚砌成。電是由山下周木家暫時接的，只延用了二個月，現在晚上都點蠟燭，水則是另接北側山澗的山泉，水量較大，引至水塔，隨時可用。在水塔下找到一棵大樹，闢為洗澡的地方，樹蔭可以遮陽，流水可以灌溉，枝椏可作衣架。浴場下方是小樹叢，挖溝而成廁所，大便後堆土掩埋，久了即成肥料回歸自然。南邊山溝有一些大樹，樹椏縱橫，我們架了一道竹橋過去，可以體驗一下有巢氏的滋味。山腰上原來準備為放水塔而建的平台，居高臨下，靜坐觀海，最為恰當。木屋四周清除了雜草，種了些草坪花樹，不再那麼原野了。

靜修小屋按最初建造的目的是為避靜、退省、靜思、閉關、禪修、斷食而用的。初來鹽寮的人都會先讓他體驗一下淨土的簡樸生活，認為適當才會讓他上山靜修。第一位住靜修小屋的是榮輝，他前後在這裡將近二個月，建屋參與最多。在靜修小屋上閉關斷食的由一天至五天都有，四月曾有一位出家人華果，做了一次禪七，一個人在山上靜修需要一些能耐，心無罣礙，坦蕩無懼。鴻祥閉關斷食最多最久，三天五天都試過，他說感覺很好，與自己相處，靜觀內心世界，隨興作息，享受每一寸肌膚與天地接觸的愉快，每天喝山泉，雖然不吃，但仍然運動勞動，也沒有感到飢餓手軟。有一次他斷食第三天還步行二十公里的海灘，再搭便車回來，也不會很累。閉關斷食的還有明姝、美伶、瑞興、雪瑛、弘仁，各有不同的經驗。春假時因為人太多，淨土住不下，就有一些人住在淨山上去。一年來住過靜修小屋的共有三十四人。

今年淨山上長出不少果子，春天山路旁長滿了野草莓（蛇莓），山上有二株桃子也結了一些果實；夏天芭樂最多，遍山都有，紅心白心，味道香甜，在小屋旁有一棵結實纍纍，一個夏天收成大約有五百粒。另外蓮霧、釋迦都有些收穫。因為沒有颱風，今年水果豐收，在淨土院前的百香果一年結二次，春秋開花結實，夏冬收成，果熟呈棕褐色就自然落下。此外今年也吃到自長的瓠（瓠子）及角瓜（澎湖絲瓜）。

市場撿菜

自從前年開始到果菜批發市場撿菜，我們就沒有花過什麼錢在蔬菜、水果上，而且吃過的種類真不少。每個星期日到花蓮市參與彌撒後都會到果菜市場去，這成了我們的例行公事，有時人來的多，會特別去一趟；或者有些團體要求也會去。到果菜市場撿菜變成了一個體驗惜福的特別項目。有人到了市場要撿菜會覺得不好意思，也有人每次去都很興奮，由「興奮」至「不好意思」會因年齡身分的增長而改變。去得多了，那邊的市場經理及果商、菜農都認識，只要看到一堆年青人或小孩子就知道是從鹽寮去的。有時水果太多銷不出去，會整箱的送給我們，所以星期天的中午我們常常吃水果大餐。有一次同時撿到十二種瓜：西瓜、香瓜、木瓜、哈蜜瓜、南瓜、冬瓜、苦瓜、絲瓜、角瓜、瓠子、黃瓜、地瓜，一天能吃到這麼多瓜大概只有在台灣才有這種福氣。

市場有菜可撿，路邊更是無奇不有，不過我們只選擇對我們有用的材料，不是什麼都撿。花蓮產大理石，工廠附近常有不少石板可撿，鋪地鋪桌都很好。我們增加了一個大灶在入口的斜坡下，因為地方寬闊，人愈來愈多，就常使用。有一天在路上撿到幾塊透明浪板，加蓋在灶的北面上，可遮雨擋風，燒飯時就比較舒服多了。在吉安鄉的垃圾場附近常有建築公司將預售屋拆除後丟棄。年初我們撿到一大批木條木板，就將靈修中心的地下儲藏室釘好完成了。有一次在鹽寮的公路邊也撿到破單車，稍微修理一下就可以使用。另外撿到半把合梯，修理一下又是一把新梯子；幾片木板釘一釘，又有一張新的桌面；海邊撿到一張破網，整理一下就成了一張吊床……。這就是廢物利用、物盡其用，也可以發揮生活的創意。

雞蟲為患

靈修中心蓋好四年多，靜思樓也已二年多，木質原色慢慢因風吹、雨洗、日晒而殘褪，因此年初我們加上了白色油漆保護，看起來又煥然一新，成了小白屋。為了保護木材，山上的靜修小屋也刷了油漆，是接近木質的棕褐色。

春天萬物生氣盎然，蟲蟻也活躍起來，蝨子、跳蚤、蜈蚣都會出現。若是被咬，將毒汁擠出來，擦點蘆薈汁，很快就沒事了。今年鄰居的雞仍然在淨土上到處做窩下蛋，一窩一窩的小雞從屋角、牆後、草堆裡跑出來，十分可愛。一窩雞蛋並非每一個都會成功的孵出小雞，有些胎死殼中，就有很小的蟲來吸食它的血。靈修中心、一心室、靜思樓背後都曾有這樣的雞窩，靜思樓後的一窩被發現的遲，等到小雞蟲蔓延開來時已是無孔不入，三個房間都被它們侵入，睡在裡面的人即難過困擾不已，洗澡、更衣也無法根絕。最後我們只好將靜思樓後儲藏間的茅草竹架拆除，放火燒掉，室內榻榻米在陽光下曝晒，牆邊角落灑上石灰粉，幾天後才止住了小雞蟲的為患。

夏天暑假

今年全省乾旱，沒有颱風沒有雨，花蓮也不例外，整個夏天沒有下幾場雨，溪流乾涸，可是鹽寮的地泉水池仍不斷有泉水流出，我們沒有缺水現象。靜修小屋旁的山澗也源源不絕，而且水質甘甜，沒有汙染，我們常常上山取水飲用。

暑假是第二個人潮旺季，幸好時間長，人數比較分散，可是每個月仍然有

一、二次集中的人潮。七月二日就達到五十二人。來鹽寮的人以天主教、基督教、佛教或無宗教的較多，也曾有道教、一貫道、回教、瑜伽修行者。今年更有猶太教、統一教及喇嘛密宗的。七月底有一位美國猶太人艾睿由台中來，他是由女朋友介紹的，是個自然主義者，來住了好幾天。星期五晚開始是猶太人的安息日，那天剛好有四位天主教教友在此，我們請他主持一次安息日禮儀。他準備了無酵餅，買了葡萄汁，點上兩根蠟燭（應該是白色的），用希伯來語念他的禱詞，念舊約聖經時我們也一起看中文本，最後大家擘餅，分飲葡萄汁，在主內平和合一，很有意思。

我們的安哥拉羊在這裡生活也有近五年了，一直獨立修行。九月底周木的母羊希望交配，就將安哥拉羊接去他海邊的新居，一個月來可惜牠們不來電。安哥拉羊從小習慣與人為伍，認同人而不認同羊，只好讓牠回到淨土繼續修行。

秋冬歲末

九月後來的人漸漸減少，一個人獨處的時間相對的增多。十月第一次東北季風吹起，樹葉開始枯黃，欖仁樹紛紛落葉，台北來的人說它的枯葉煮茶可以治肝病，味道也不錯。今年洛神花提前於十月下旬開了，不過只有三株。百香果今秋因結的果實比較多，到年底大約共結了一百粒，吊滿了院前的棚子，就像一個個可愛的綠色燈泡。

安靜的時候，有機會想想淨土的發展及環境的改善、邊緣地方的整理開墾，不過都要等人多的時候才易動手。十一月一日我們合十多人的力量將淨土門口的一塊大石立了起來，作為門碑。這塊大碑石在淨土開始時就躺在這裡，一躺就是五年了。順著碑石下坡，整理一下可以變成花叢草地。靈修中心下方開墾後可以種菜或建一間工具室。另外庭院前小樹叢下及十字架與小石山之間也都是有待開發的角落。

來訪的人

今年有三位想清修或出家的人來到淨土，他們說走遍台灣找不到合意的道場，故來此看看。有一位住了一天不習慣走了，另一位多留了一天也回去工作的地方，還有一位真的只是來看看而已。另有幾位是受到感情挫折來此療傷的，經過幾天甚至一、二個月的調息，每人都能看開了，重新活了過來。也有心情不好，來此散心的人；為治療過敏症在此斷食的。當然不都是出家或療傷的人，也有積極主張健康素食、生食、斷食的人；推行動物保護的、找尋原住民文化的、到監獄傳福音的，及不少從事各項社會工作的人。他們不單是喜歡過簡樸的生活，我覺得他們從簡樸生活中會得到源源不絕的內在力量。此外今年有不少舊客和常客，三、四年前來過忽然再出現的，以及十多二十年前認識，現在聞風而至的老朋友。夏天還有一對新婚夫婦來蜜月了一天。今年工商界來的人比以往多一些，有中小企業的董事長、總經理，銀行經理、協理，他們卻一點架子都沒有。外國人中除以前來過的美、加、法、德、義、瑞、澳、印、菲、韓、日外，還有丹麥人、荷蘭人。

鹽寮將變遷

鹽寮村雖然地處台灣後山的後山，東海岸偏遠邊緣，可是仍然逃不過六年國建的開發怪手，道路要拓寬成三十米，由花蓮大橋到和南寺，美其名曰改善交通、發展觀光、繁榮地方。這裡的村民多次抗議、請願、爭取都沒有效果，可能因為這裡的原住民老兵都是溫和良善的人民吧，現在花蓮至台東因為人口稀少，交通不太方便，才能保有這美麗安靜的淨土。如果道路拓寬，將會破壞風景，帶來大量觀光客與垃圾，犧牲絕大部分老百姓的寧靜生活，甚至迫走被拆除房屋的老兵，只圖利幾家餐廳旅館及來炒地皮的外地人。鹽寮將變成與西部沒有多大差異的風景觀光區，而不再是淨土了！到時再後悔就來不及了，不過這些話誰會聽得進去？道路尚未拓寬，有些鄰居已經開始加蓋增建，現在我們就已感受到建屋的噪音、廢土、垃圾、怪手破壞的威脅。

——八十三．三．廿九　鹽寮之友

國家圖書館出版品預行編目資料

鹽寮淨土〔典藏版〕／區紀復著.--二版.--台中市：晨星，2018.06

面；公分，——（自然公園；021）

ISBN 978-986-443-461-9（平裝）

855　　107007776

自然公園 21

鹽寮淨土 [典藏版]

作者	區紀復
主編	徐惠雅
校對	徐惠雅、陳育茹、區紀復
美術編輯	林姿秀
封面設計	黃聖文
創辦人	陳銘民
發行所	晨星出版有限公司 407台中市西屯區工業區三十路1號1樓 TEL：04-23595820 FAX：04-23597123 行政院新聞局局版台業字第2500號
法律顧問	陳思成律師
初版	西元1995年05月30日
二版	西元2018年06月10日
總經銷	知己圖書股份有限公司 （台北）106台北市大安區辛亥路一段30號9樓 TEL：02-23672044 FAX：02-23635741 （台中）407台中市西屯區工業區三十路1號1樓 TEL：04-23595819 FAX：04-23595493 E-mail: service@morningstar.com.tw 網路書店 http://www.morningstar.com.tw
讀者專線	04-23595819#230
郵政劃撥	15060393（知己圖書股份有限公司）
印刷	上好印刷股份有限公司

定價350元

ISBN 978-986-443-461-9

Published by Morning Star Publishing Inc.

Printed in Taiwan

◆讀者回函卡◆

以下資料或許太過繁瑣，但卻是我們瞭解您的唯一途徑，

誠摯期待能與您在下一本書中相逢，讓我們一起從閱讀中尋找樂趣吧!

姓名：＿＿＿＿＿＿＿＿ 性別：□男 □女 生日： / /

教育程度：＿＿＿＿＿＿

職業：□學生 □教師□內勤職員 □家庭主婦

□企業主管 □服務業 □製造業□醫藥護理

□軍警 □資訊業 □銷售業務 □其他＿＿＿＿＿＿

E-mail：＿＿＿＿＿＿＿＿＿＿＿＿ 聯絡電話：＿＿＿＿＿＿＿＿＿

聯絡地址：□□□＿＿＿＿＿＿＿＿＿＿＿＿＿＿＿＿＿＿

購買書名：鹽寮淨土［典藏版］

・誘使您購買此書的原因？

□於＿＿＿＿＿書店尋找新知時 □看＿＿＿＿＿報時瞄到 □受海報或文案吸引

□翻閱＿＿＿＿＿＿雜誌時 □親朋好友拍胸脯保證 □＿＿＿＿電台DJ熱情推薦

□電子報的新書資訊看起來很有趣 □對晨星自然FB的分享有興趣 □瀏覽晨星網站時看到的

□其他編輯萬萬想不到的過程：＿＿＿＿＿＿＿＿＿＿＿＿＿＿＿＿

・本書中最吸引您的是哪一篇文章或哪一段話呢?＿＿＿＿＿＿＿＿＿＿＿＿

・請您為本書評分，請填代號：1. 很滿意 2. ok啦! 3. 尚可 4. 需改進。

□封面設計＿＿＿＿ □尺寸規格＿＿＿＿ □版面編排＿＿＿＿ □字體大小＿＿＿＿

□內容＿＿＿＿＿ □文／譯筆＿＿＿＿ □其他建議＿＿＿＿

・下列書系出版品中，哪個題材最能引起您的興趣呢?

台灣自然圖鑑：□植物 □哺乳類 □魚類 □鳥類 □蝴蝶 □昆蟲 □爬蟲類 □其他＿＿＿＿

飼養&觀察：□植物 □哺乳類 □魚類 □鳥類 □蝴蝶 □昆蟲 □爬蟲類 □其他＿＿＿＿

台灣地圖：□自然 □昆蟲 □兩棲動物 □地形 □人文 □其他＿＿＿＿＿＿＿＿

自然公園：□自然文學 □環境關懷 □環境議題 □自然觀點 □人物傳記 □其他＿＿＿＿

生態館：□植物生態 □動物生態 □生態攝影 □地形景觀 □其他＿＿＿＿＿＿＿

台灣原住民文學：□史地 □傳記 □宗教祭典 □文化 □傳說 □音樂 □其他＿＿＿＿

自然生活家：□自然風DIY手作 □登山 □園藝 □觀星 □其他＿＿＿＿＿＿＿

・除上述系列外，您還希望編輯們規畫哪些和自然人文題材有關的書籍呢?＿＿＿＿＿＿

・您最常到哪個通路購買書籍呢? □博客來 □誠品書店 □金石堂 □其他＿＿＿＿＿＿

很高興您選擇了晨星出版社，陪伴您一同享受閱讀及學習的樂趣。只要您將此回函郵寄回本社，或傳眞至（04）2355-0581，我們將不定期提供最新的出版及優惠訊息給您，謝謝!

若行有餘力，也請不吝賜教，好讓我們可以出版更多更好的書!

・其他意見：＿＿＿＿＿＿＿＿＿＿＿＿＿＿＿＿＿＿＿＿＿＿＿

晨星出版有限公司 編輯群，感謝您!

請填妥對折裝訂，直接投郵即可，免貼郵票

廣告回函
台灣中區郵政管理局
登記證第267號
免貼郵票

407
台中市工業區30路1號
晨星出版有限公司

請沿虛線摺下裝訂，謝謝！

更方便的購書方式：

1 網站：http://www.morningstar.com.tw
2 郵政劃撥 帳號：15060393
戶名：知己圖書有限公司
請於通信欄中註明欲購買之書名及數量
3 電話訂購：如為大量團購可直接撥客服專線洽詢

◎ 如需詳細書目可上網查詢或來電索取。
◎ 客服專線：04-23595819#230 傳真：04-23597123
◎ 客戶信箱：service@morningstar.com.tw